LA LIBRAIRIE DU XXIe SIÈCLE

Collection
dirigée par Maurice Olender

Lydia Flem

La Voix des amants

Éditions du Seuil

ISBN 2-02-041424-4

www.seuil.com

Pour Selma

Une nuit, j'ai rêvé que l'intérieur de mon palais était une salle d'opéra. Les deux rangées de dents s'étaient transformées en loges d'ivoire finement ciselé. D'aériens escaliers en colimaçon reliaient les étages jusqu'au paradis. Le parterre aux fauteuils recouverts de velours rouge carmin s'étalait dans le fond de ma bouche. La scène et les coulisses se trouvaient du côté de la gorge. Ma langue avait disparu.

Madamina, il catalogo è questo
delle belle che amò il padron mio ;
un catalogo egli è che ho fatt'io :
osservate, leggete con me.
In Italia seicento e quaranta,
in Lamagna duecento e trentuna,
cento in Francia, in Turchia novantuna,
ma in Ispagna son già mille e tre. [...]

Petite Madame, voici le catalogue
des belles qu'a aimées mon maître :
c'est un catalogue que j'ai fait moi-même ;
regardez, lisez avec moi.
En Italie six cent quarante,
en Allemagne deux cent trente et une,
cent en France, en Turquie quatre-vingt onze,
mais en Espagne, elles sont déjà mille et trois.

Aria de Leporello, *Don Giovanni*, Mozart

Madamina

Placé sous l'emblème de *Madamina*, ce livre est un catalogue, une énumération singulière et passionnée. À travers les portraits de personnages d'opéra qui me hantent, j'ai voulu m'approcher des mystérieux enchantements de la voix humaine, de sa puissance primordiale et des sentiments d'amour qu'elle porte jusqu'à l'incandescence sur la scène lyrique : *l'amour sonore.*

Pour décrire l'inconscient, on utilise volontiers une métaphore théâtrale, *l'autre scène.* Et si celle-ci était plus précisément une scène d'opéra, un lieu où l'on chante ? Les fables qui s'y déroulent sous nos yeux, mais surtout au creux de nos oreilles, ne racontent-elles pas, au-delà du sens des paroles, les liens archaïques qui nous lient au monde des sons ? Pourquoi les histoires chantées m'ébranlent-elles davantage encore que les récits seulement prononcés ou lus en silence ? La voix acquiert dans le chant une dimension d'intensité, de proximité charnelle, de présence amoureuse, que les mots seuls ne véhiculent pas.

Par la voix de Zerlina s'épelle pour moi l'émouvante hésitation du désir, par celle de Pamina la révolte tourmentée d'une fille contre sa mère, par la voix de Cherubino palpite l'amour à l'état naissant, par celle de Leporello surgit l'érotisme triomphant. Judith, la dernière femme de Barbe-Bleue, perd l'amour en cherchant à le conquérir, Carmen gagne la liberté d'aimer au prix de la mort. Les personnages de *Così fan tutte* traversent en chantant l'épreuve des passions. Toutes leurs voix sont les miennes. Elles disent mieux que les mythes et les romans dont elles sont issues les émotions et les sentiments qui agitent la psyché, sa fondamentale ambiguïté, ses confusions et ses vertiges.

Écrire sur la voix et le chant tient du pari impossible. Par essence, la substance sonore s'évade, se dilue, se répand ; elle n'est pas étrangère à la fluidité. Avec la joyeuse témérité qui m'animait au début de ce projet, je n'avais pas mesuré les difficultés qui m'attendaient, ni surtout cette sorte d'étrange douleur qui l'accompagnerait. Plus d'une fois, je me suis sentie emportée, dévastée, et souvent même engloutie sous les notes, impuissante à nommer ce que seule la musique peut exprimer, me réfugiant dans celle-ci sans pouvoir en ramener un filet d'intelligence.

Les épreuves de ce voyage musical ne sont pas très éloignées de celles que l'on découvre au cours d'une psychanalyse ou lors d'une rencontre amoureuse : les mots ne suffisent pas, seuls les sons de la langue pénètrent au cœur des affects. C'est le tremblement avec lequel une phrase est prononcée qui nous la rend unique. C'est le flottement entre deux syllabes, le phrasé inhabituel, l'entêtement d'un accent, la couleur, la souplesse d'un timbre qui nous émeuvent. Chaque voix possède une étoffe particulière, c'est cette singularité qui nous charme et nous bouleverse. La voix nous suspend.

Tout être humain a connu, à l'aube des sens, une patrie acoustique dont le langage articulé l'a chassé. Le chant semble s'offrir comme une consolation à ce premier exil. Le temps d'une voix, l'illusion d'une réconciliation renaît, la joie d'une unité retrouvée entre le son et le sens, la langue et le corps, le réfléchi et le sensible. Consolation fugitive, insaisissable et tellement précieuse.

Peut-être ma douleur venait-elle de ces noces toujours incertaines, de cette fusion impossible à maintenir, de cette harmonie qui finit par se briser en mille éclats. Sans doute fallait-il cesser un moment d'écouter les voix enchanteresses, s'arracher à l'ivresse des sons, pour retourner à la solitude de l'écriture et chercher en silence les mots qui esquisseraient l'infinie complexité des amours sonores.

Retrouvons à présent Don Giovanni, Barbe-Bleue, Cherubino, la Reine de la Nuit, Fiordiligi et toutes les voix qui nous plongent dans le ravissement !

Don Giovanni, la volupté lyrique

Je ne sais toujours pas pourquoi, un matin d'été, ma fille à peine née blottie dans le creux de mes bras, je me suis mise à arpenter la maison en chantant à tue-tête l'air du catalogue de *Don Giovanni* dans un état de grande exaltation. Je me promenais avec mon bébé ensommeillé, un sourire aux anges voltigeant sur son visage, l'arrondi de sa joue contre les battements de mon cœur lorsque soudainement me vint aux lèvres, non plus quelque berceuse, *lullaby* ou *Wiegenlied*, mais l'aria orgueilleuse et gourmande de Leporello : *Madamina, il catalogo è questo delle belle che amò il padron mio ; un catalogo egli è che ho fatt'io...* « Petite Madame, voici le catalogue des belles qu'a aimées mon maître : c'est un catalogue que j'ai fait moi-même... »

Quel étrange rapprochement ! Je ne voulais pourtant pas qu'elle devienne un jour la *mille e quatresima* ! Ce pas de deux sonore demeure un souvenir dont je ne peux toujours percer ni l'étrangeté ni la troublante intensité. N'y avait-il pas quelque indécence à entonner à pleine voix la liste des conquêtes du Dissolu, à s'en faire la complaisante complice vocale alors que j'étais devenue la mère d'une petite fille, d'une future femme ? Se peut-il que j'aie célébré de cette manière paradoxale le sentiment de toute-puissance qui m'envahissait ? Baignant dans cette brève fusion qui entoure l'éclosion d'une jeune vie, étais-je d'humeur héroïque, ne craignant pas plus la mort que Don Giovanni tendant la main à la statue du Commandeur ? Par la voix de Leporello proclamais-je mes propres conquêtes ? Cette aria triomphante se faisait-elle l'écho de l'élan vital qui m'animait ?

Mes pas épousaient le tempo de la musique, ma voix vibrait comme je ne l'avais jamais entendue résonner. Je goûtais chaque mot comme un mets suave, un délicieux breuvage : *osservate, leggete con me. In Italia seicento e quaranta*... « regardez, lisez avec moi. En Italie six cent quarante... ». Je prononçais chaque phrase en accentuant sa finale, jouant de l'accent italien comme d'une friandise. Je faisais glisser les mots un à un dans la bouche, les mâchais, jouissant de chacune de leurs syllabes. *Cento in Francia*… Leurs voyelles résonnaient, rondes et profondes, dans l'arrière-gorge, leurs consonnes bourdonnaient, sifflant ou éclatant à la pointe de la langue. *In Turchia novantuna, ma in Ispagna son già*… « en Turquie quatre-vingt-onze, mais en Espagne, elles sont déjà… ».

J'unissais ma voix à celle de Salvatore Baccaloni, le baryton basse de la version historique de 1936, enregistrée à Glyndebourne et dirigée par Fritz Busch. J'allais et venais, poursuivais ma déambulation, enveloppant mon nourrisson d'une couverture sonore. Je vibrais avec la voix de Leporello, double et complice de Don Giovanni, *Leporello*, petit lièvre vif comme l'éclair, batifolant sous la lune, mangeur avide, amoureux insatiable. Je me laissais emporter par le timbre fiévreux d'Elvira clamant son désir de retrouver son barbare amour, transportée par ses bouillonnements rageurs comme par ses vocalises désespérées. J'écoutais la fraîche mélodie de Zerlina, fillette énamourée dont le cœur palpite, pressée par le temps. *Giovinetti, che fate all'amore, non lasciate che passi l'età*… Je tombais sous le charme sensuel de ces êtres de musique que Mozart a ciselés dans la chair des sons. Je demeurais enclose dans leurs envolées, bercée et berceuse. Je portais mon enfant, le chant me portait. De la pointe des pieds à la racine des cheveux, j'étais traversée par l'énergie vocale.

L'aria se poursuivait en toute hâte, épelant les pays, les saisons, le nombre, la taille et la condition des conquêtes, dévidant son immense vanité, son insatiable désir de vaincre et de dominer. *V'han fra queste contadine, / cameriere, cittadine, / v'han, contesse, baronesse, / marchesane, principesse…* « Il y a parmi elles des paysannes, des femmes de chambre, des bourgeoises, il y a des comtesses, des baronnes, des marquises, des princesses… » L'amour y était une arme, la femme un adversaire. En détachant les notes, le valet donnait l'estocade. *Purché porti la gonnella, voi sapete quel che fa…* « pourvu qu'elle porte jupon, vous savez ce qu'il fait… ». Leporello jetait Elvira dans l'abîme de la désillusion érotique. Comment pouvais-je partager cette scène ? Je n'étais ni l'ironique valet ni l'épouse offensée : mais l'ironie et l'offense ne m'étaient pas inconnues, et peut-être même un brin de cruelle raillerie comme d'orgueil blessé… Et puis la musique était si voluptueuse, si impérieuse et ambiguë, elle s'épanchait et rebondissait en cascade d'effusions allègres et implacables, elle se dépliait et se déployait en une telle série de répétitions, de saccades, de tensions qui s'intensifiaient de phrase en phrase jusqu'au triomphe final que je succombais et consentais à l'absolue séduction musicale.

Je m'identifiais à Leporello, je devenais cet obscène larbin qui vantait la puissance érotique de son maître, je participais à cette ronde du désir, à sa course haletante. Je n'appartenais plus au cercle solidaire des femmes de Don Giovanni ni même au débauché, je le trahissais en devenant, à mon tour, non pas son serviteur mais sa mémoire, celle qui dressait la liste impitoyable de ses forfaits et de son ardeur. Je transgressais le partage des sexes, la ligne qui sépare les voix, l'aigu du grave, le soprano de la basse, et cette transgression était une joie. Une jeune mère, son bébé fille dans les bras, se prenant pour le plus libertin des séducteurs ! N'était-ce pas indigne ? insolent ? inavouable ?

Et me voici à présent déroulant sans pudeur le catalogue de mes voluptés lyriques, prenant mes lecteurs à témoin de mes errances émotionnelles. L'opéra serait-il la défaite des femmes ? Non, je ne le crois pas. On y célèbre la liberté de vivre la polyphonie des sentiments humains, l'ambiguïté des émotions, la confusion des sexes. On y exalte la fusion sonore, le retour au sommet de l'aigu de nos amours les plus anciennes, ce qui nous unissait à la *diva assoluta*, à la mère de notre plus haute enfance. Le temps d'une aria, d'un duo, d'une *canzonetta* ou d'un quatuor, la régression est une fête. On y salue la voix comme la figure majeure, la véritable héroïne de tout opéra ; c'est elle qui, sous les masques infinis de la comédie humaine, est attendue, guettée, désirée.

Si *Don Giovanni* exerce un attrait sans pareil, s'il est l'opéra des opéras, c'est que son héros n'est pas tant un caractère, un personnage psychologique, qu'un *être sonore.* Dès la première scène, celle du double attentat, viol et meurtre, Don Giovanni cherche à dissimuler sa voix pour ne pas être identifié : « Folle ! tu cries en vain ; tu ne sauras pas qui je suis », jette-t-il à sa victime, caché dans son vaste manteau d'ombre. Malgré cette précaution, c'est bien *par la voix* que Donna Anna, à la treizième scène, reconnaîtra son agresseur et le meurtrier de son père, cette même voix à laquelle elle faillit succomber : « N'en doutez plus. Les derniers accents que l'impie a proférés rappelèrent en mon cœur *toute la voix* de cette indigne qui dans mon appartement... » *Tutta la voce !*

Don Giovanni nous caresse de sa voix, il nous envoûte par son chant. C'est ce moment de ravissement, d'ivresse, de dépossession de soi que nous recherchons. Oui, s'oublier, se perdre, échapper à la loi, se dévoiler au désir ! *Tutta la voce !*

« Ah ! Masetto, Masetto, entends la voix de Monsieur le Chevalier ! » s'alarme Zerlina alors que retentit de l'intérieur du palais l'annonce d'une grande fête. « De quoi as-tu peur ? » s'inquiète le jeune paysan jaloux. « À son visage et à sa voix se découvre le traître », clament les visiteurs masqués à l'entrée du bal, à la fin du premier acte ; mais dès le trio du travestissement qui ouvre immédiatement le deuxième acte, Donna Elvira tombe dans le piège tendu par la voix traîtresse. C'est la scène de la seconde séduction d'Elvira. Leporello et son maître viennent d'échanger leurs habits lorsque l'épouse bafouée apparaît à son balcon à la nuit tombante. À la faveur de la pénombre, Don Giovanni pousse devant lui son valet travesti et lui ordonne de gesticuler avec la conviction d'une habile marionnette muette alors que lui-même, dans son dos, sans être vu, prête sa voix au pantin et chante sa déclaration d'amour en ventriloque sincère. Elvira tombe dans le piège de cette comédie. Sous les traits d'un autre, elle croit reconnaître son époux et ne s'étonne pas d'entendre un chant surgi de lèvres cachées. L'idée d'une supercherie ne l'effleure pas. Le séducteur a comme toujours saisi l'occasion propice à ce « joli coup » dont il se félicite, mais – ironie mozartienne – le musicien accompagne les paroles trompeuses de son héros des accents les plus mélodieux, des modulations les plus bouleversantes : la sincérité se mêle un instant à la farce et la suspend. Le temps de quelques mesures, *Discendi, o gioia bella !*, l'appel de Don Giovanni semble porté par une véritable émotion. Mozart nous invite à croire à l'amour, à cette gravité soudaine du libertin. Puis le rêve se déchire, le méchant homme ricane avec cynisme, sa bouche menteuse efface la grâce, il bafoue et persifle à nouveau, engageant Leporello à poursuivre la trahison auprès d'Elvira : « imite ma voix… elle ne te reconnaîtra pas » ! Don Giovanni, voilé ou dévoilé, possède avant tout une nature vocale : il est la voix de l'excès, la voix de la musique qui amplifie les passions humaines et en accroît l'empire.

Absolument charnelle, entièrement psychique, telle est la voix, toujours à la limite du corps et de l'esprit, de l'intime et du social, du soi et du monde. La voix s'enracine dans le corps et s'en échappe. De toutes les substances corporelles, elle est l'émanation la plus intense. Parlée ou chantée, l'émission vocale engendre le son le plus puissant que le corps puisse produire naturellement. La voix dévoile le sexe, elle dit l'identité, le genre, l'âge, mais elle peut aussi révéler ou confondre, imiter ou falsifier. Il y a toujours dans l'expression vocale la mise en évidence d'une intention. La voix est profondément liée à l'interpellation. Parler ou chanter, c'est s'adresser à quelqu'un, se faire connaître dans sa présence, sa souffrance, son interrogation ou sa volonté. Grave, poignant, noble, léger, voluptueux, recueilli, cassé, ténu, vibrant, soumis, révolté, le timbre de la voix déroule à l'infini les nuances de la sensibilité. La voix chantée s'approche au plus près de la vie émotionnelle. Elle peut troubler, séduire, blesser, convaincre, alarmer l'âme, toucher à l'indicible. L'invisible demeure audible. Coppini, un lettré proche de Monteverdi, rendait hommage à cette faculté que possède la voix humaine de provoquer les émotions « en exerçant une influence des plus suaves sur l'ouïe, et en se rendant ainsi très doucement tyran des âmes ». C'est à cette puissance affective que l'on doit la naissance de l'opéra et sa pérennité depuis plus de quatre siècles. Sur la scène lyrique, les paroles et la musique s'épousent ou divergent, s'unissent ou se contredisent. Non seulement les personnages peuvent y tenir simultanément des propos qui s'opposent, mais la musique détient le pouvoir de commenter les paroles, de les nuancer, d'en ironiser l'intention, d'en révéler la signification cachée, mettant en lumière l'ambivalence des personnages, la pluralité des sentiments, leurs hésitations, leurs basculements. L'opéra raconte la division de la langue, séparée en une sonorité et une idée et, ainsi, d'un même mouvement éclaire-t-il la multiplicité de l'âme humaine. *Vorrei e non vorrei*... comme le murmure Zerlina à Don Giovanni...

Tel est l'enchantement de l'opéra comme de tout chant : la musique transcende et subvertit la signification des mots, les sons emportent les sens, les sons excèdent le sens. Le langage se désarticule en une pure fascination, une plénitude sonore, où les voix caressantes invitent à une jubilation passionnelle. La voix chantée procure une exaltation proche du vertige. Le temps d'un opéra, comme de tout moment vocal, jaillit l'illusion d'avoir retrouvé la fusion perdue avec la première voix, la voix de notre *prima donna* singulière. Suspendu aux lèvres du soprano, du baryton ou du ténor, chacun se sent enveloppé, drapé dans un tourbillon d'émotions, replongé dans un bain de sons où par le canal de l'ouïe le sentiment d'une présence nous est pleinement rendu. La voix dont on jouit dans la pénombre d'une salle écarlate ou dans l'intimité familière d'une chambre ne témoigne-t-elle pas toujours du désir maternel à notre égard ? La voix devient synonyme d'une présence aimante et désirante. Au-delà de la signification des mots, la voix personnifie la présence elle-même. Le silence est absence et abandon. La volupté du chant lyrique s'associe à la voix angélique qui était la nôtre jadis, *infans*, et à laquelle la voix de notre mère faisait écho. Cette voix se déposait en nous comme l'assurance que nous existions à ses yeux, qu'elle aussi craignait de nous perdre. Les vibrations musicales traversent notre corps et le désir maternel redevient palpable. Il fait battre notre cœur, accélère notre respiration, notre pouls, nous rend vivants. Toute voix qui chante porte en elle l'évocation de cette première enveloppe sonore.

Moment éphémère que rien ne peut empêcher de s'évanouir à nouveau car l'essence même de la voix est son évanescence. À l'instant même où elle a cessé d'être émise, elle n'est plus. C'est pourquoi son émission revêt parfois le caractère d'un événement. La voix, même prisonnière d'un enregistrement, vient toujours à manquer. Elle est synonyme d'une quête infinie, sans cesse relancée, que rien ne peut capter définitivement. Elle s'offre à nous comme l'archaïque retrouvé, mais s'échappe aussitôt. La voix la plus puissante, la plus moelleuse, la plus brillante, garde quelque chose de ténu, de fragile, elle peut soudainement se briser, s'éteindre. La voix demeure toujours sur la crête de la déchirure, du silence ou du cri. L'opéra est la sublimation du cri, de tous les cris, de bonheur comme de douleur. L'opéra est le lieu d'une reviviscence de la scène primitive, d'un retour au paradis vocal, d'une fusion incestueuse imaginaire mais indéfiniment fugace. La voix, comme l'incarne Don Giovanni, toujours s'esquive. *Non fuggirete più ?* « Vous ne fuirez plus ? » l'interroge Elvira, emplie d'espérance…

Je chantais à tue-tête l'air du catalogue, j'accompagnais de ma voix celle de Leporello ; avec le privilège de ceux qui ne se trouvent pas sur la scène, je mimais tous les rôles, j'interprétais tous les airs ! Comme dans un rêve, je me coulais dans la peau des personnages, j'étais tour à tour et simultanément chacun d'eux : Leporello qui peste contre son maître mais agit de connivence avec lui, Don Giovanni, désinvolte avec élégance, cynique avec panache, troublant du désir qu'il suscite, Zerlina, farouche et coquette, si émouvante dans ses hésitations, Masetto, jaloux et fier, naïf et révolté, Elvira dont le cœur injuste palpite pour l'époux qui l'a ravie à la clôture de son couvent puis trahie, saisie par l'orgueil, le dépit, la colère, le désespoir et la honte et, contre toute raison, brûlée par l'amour, Anna qui, d'assaillie, devient assaillante et flamboyante vengeresse, Ottavio, amant digne et noble, à l'ardeur contenue, et le Commandeur, solennel et implacable patriarche, dont seule la terrible voix minérale possède la puissance d'arrêter l'élan sonore de Don Giovanni...

Plus qu'aux personnages, je m'identifiais à leurs sentiments. Berçant mon nourrisson de cette musique enchantée, qu'est-ce que je lui transmettais ? Que la musique – avec la littérature – était un des bonheurs de mon existence ? Que la vie ne valait la peine que lorsqu'elle est dépassement de soi, recherche d'absolu et de beauté ? Que l'être humain est pétri de contradictions ? Que l'opéra révèle l'ambiguïté des passions humaines ? Que les personnages d'opéra sont comme des héros mythiques, mais taillés dans un tissu sonore qui en exacerbe la complexité ? Qu'ils incarnent la multiplicité des émotions humaines ? Qu'à travers eux l'inconscient se fait entendre ? Qu'en eux se meuvent les élans de notre psyché dans la palette infinie de ses contradictions, de ses répétitions involontaires, de ses travestissements, de ses aveuglements et de ses vertiges ? Qu'ils habitent ce royaume intermédiaire entre rêve et réalité où nous pouvons nous réfugier pour trouver l'écho de nos *opéras intérieurs* ?

Quelques années plus tard, *Là ci darem la mano*, les airs de la Reine de la Nuit, de Papageno, ou le *farfallone amoroso* de Figaro faisaient partie de notre répertoire familial. Entonnés à l'unisson dans les lieux les plus insolites, ils signaient une connivence, une exaltation soudaine, l'expression d'un bien-être particulier, celui, par exemple, de retrouver chaque été une île et son cercle d'amitié, d'y longer la mer à l'heure délicieuse du soleil couchant au retour de la baignade, la lumière dorée rasant les champs, les rochers, les vaches et les vieilles longères, l'air empreint de l'odeur des genêts, du fenouil sauvage et du foin coupé. La magie de la *Flûte*, la gravité limpide du *Così*, les palpitations de Cherubino nous soutenaient aussi au creux de l'hiver alors que les jours plongeaient trop rapidement dans la nuit. Et toujours revenait l'air entêtant et tellement emblématique du fragile désir humain, le *duettino* de Zerlina et de Don Giovanni :

DON GIOVANNI

Là ci darem la mano,
là mi dirai di sì.
Vedi, non è lontano :
partiam, ben mio, da qui.

Là-bas nous nous donnerons la main,
là-bas tu me diras oui.
Vois, ce n'est pas loin,
partons d'ici, ma bien-aimée.

ZERLINA

Vorrei, e non vorrei...
Mi trema un poco il cor...
Felice, è ver, sarei :
ma può burlarmi ancor.

Je voudrais et ne voudrais pas...
Mon cœur tremble un peu...
Je serais heureuse, il est vrai :
Mais il peut aussi se moquer de moi.

Je voudrais et ne voudrais pas : j'hésite, je crains d'être trompée, je serai heureuse sûrement. J'avance, je recule, vais-je céder ? Je tremble, je m'affole, je doute, je chancelle, je me sens défaillir, je lui plais, il me plaît, ai-je tort ? ai-je raison ? Le désir me submerge, je veux et je ne veux pas, je ne suis plus assez forte, je capitule, je me rends, je consens. Vite, allons rejoindre le petit pavillon qui est là-bas !

Les mots avec les sons épellent l'hésitation, les intermittences du cœur, l'ambivalence du désir, la balance des sentiments : mélange de sensualité, d'érotisme frémissant et d'épure angélique : la tentation est forte pour Zerlina de consentir, non seulement à la demande pressante de Don Giovanni, mais à son propre désir : oui, être sous ses doigts comme le lait et la rose, fraîche et nacrée, délicate comme une aristocrate, se sentir noble auprès d'un chevalier et non plus seulement malicieuse au côté d'un paysan. Devenir une dame par la grâce d'un gentilhomme : pensée délicieuse. Vertige de la sensualité mêlée à la vanité. Tentation érotique et fol espoir d'une ascension sociale.

Séduction ? rapport de force ? attentat ? Faut-il écouter les mots du livret ou la musique *avec* les paroles ? Tout l'art mozartien nous y invite, l'opposition paroles ou musique s'évanouit.

Mozart raconte la course légère du désir, l'insouciante allégresse de Zerlina qui est celle du musicien lui-même, la vivacité sonore, l'ivresse du moment, la simplicité limpide, le génie moqueur, la subversion qui gronde sous l'apparente soumission et la mélancolie qui pointe dans le duo d'amour. Le désir est par nature double, triple, toujours multiple, et la musique en épouse les mille contradictions, elle en traduit le feuilletage infini, les superpositions les plus insoupçonnées, les imprévisibles sinuosités.

Qui conquiert qui ? La chose n'est pas si promptement entendue. Au milieu d'épousailles campagnardes surgit un grand seigneur bel homme et soudain le cours traditionnel de la cérémonie du mariage se voit interrompu. Une voix dissonante se fait entendre : celle du *dissoluto*, mais il ne déplaît pas à la malicieuse fiancée de vérifier au matin de ses noces son pouvoir de séduction, la puissance de ses attraits. Zerlina, faussement ingénue et sincèrement câline avec son Masetto, représente autre chose qu'une proie facile pour un roué, une victime supplémentaire le long du chemin d'un libertin, une vierge à coucher sur sa liste. Zerlina possède des charmes que le goût de la chair seul n'épuise pas, il émane d'elle une fraîcheur qui pourrait se révéler dangereuse, attachante peut-être. La capture amoureuse pourrait s'emparer de celui qui voulait prendre et débaucher. Le *duettino* du seigneur et de la paysanne nous émeut parce que s'y joue non pas le prélude à un viol dégradant mais, suspendue hors du temps, fragile et presque miraculeuse, la présence soudaine de tous les enchantements de l'amour. Mozart offre à Don Giovanni un instant de gravité : en quelques notes espacées, il soustrait le séducteur à la séduction, il le plonge dans un bref et intense moment de sincérité. Dans le secret d'une fulgurante illusion, Don Giovanni consent à l'amour, Don Giovanni *aime*.

Zerlina n'y résiste pas, elle s'abandonne à la volupté lyrique, elle prend la main que lui tend le chevalier, elle se laisse caresser par sa voix, elle écoute sa promesse d'amour. Et nous succombons à l'exquise invitation musicale. Oui, allons !

Don Giovanni et Zerlina enlacés se dirigent vers un petit pavillon :

Andiam, andiam, mio bene,
a ristorar le pene
d'un innocente amor !

Allons, allons, mon cœur,
compenser les peines
d'un innocent amour !

La mélodie, initiée par Don Giovanni, est reprise et répétée par Zerlina qui la prolonge un peu : leur accord est ainsi scellé sur un air patiné par la douceur, brûlant et tendre, sensuel et chaste, presque empreint de tristesse, de langoureuse mélancolie. L'amour mozartien se voile d'une aura de recueillement, se teinte d'une promesse de transfiguration.

Madamina, petite dame que je portais dans les bras ce matin d'été en chantant à tue-tête l'air du catalogue, dois-je m'étonner si, découvrant plus tard le *Don Giovanni* filmé par Losey, tu déclaras les yeux pleins de malice – mi-provocation, mi-sincérité : « Je sais bien que Don Giovanni est méchant avec les femmes, mais je l'aime quand même ! » ?

L'univers de Mozart serait-il plus insolent que celui de Perrault ou de Grimm ? Dans la forêt touffue des contes, le grand méchant loup que croise le Petit Chaperon rouge n'est-il pas aussi dangereux, ou même davantage, que Don Giovanni, puisqu'il dévore les petites filles trop confiantes, et Barbe-Bleue ne tue-t-il pas les jeunes femmes qu'il épouse ? La ronde des figures lyriques appartient au même cercle magique que l'univers littéraire et mythologique qui accompagne les étapes de la vie. Pourquoi l'enfance ne serait-elle pas hantée par Don Giovanni comme elle l'est par Peau d'âne ou la Belle et la Bête ? Leporello et Papageno n'auraient-ils pas leur place auprès du Petit Poucet et du Chat botté et la Reine de la Nuit au côté de la marâtre de Blanche-Neige et de Cendrillon ? Sarastro n'est-il pas le plus solaire des sorciers ?

Ailleurs, d'autres femmes, avec d'autres récits et d'autres mélodies, tissent un voile de sons et de mots autour de leurs enfants. Elles riment, elles musent, elles montent la voix très haut perchée, elles miment la voix suraiguë de leurs nourrissons. Elles les protègent de leurs bras, de leur voix, de leurs gestes, de leurs regards. Les mères protègent et menacent. Elles donnent et refusent. Non, elles ne sont pas seulement amour. Elles bercent et hurlent, elles mettent à l'abri et jettent à l'abandon. Elles apaisent et assoiffent, elles nourrissent et affament. Elles sont douceurs et douleurs. Pourquoi vouloir l'ignorer ? Elles entourent leurs nouveau-nés d'illusions sonores. Elles chantent et enchantent puis il faut qu'elles s'esquivent pour qu'advienne le temps du désenchantement, celui qui permet à l'enfant de s'inventer son propre univers. Si la mère ouvre ses bras et confie l'enfant au monde, il fait ses premiers pas et la terre chante à son tour. Mais il est des Reines de la Nuit…

La Reine de la Nuit, triomphe du désenchantement

Coups de tonnerre. La Reine de la Nuit surgit sortant des entrailles de la terre devant Pamina, sa fille, endormie au centre d'un jardin proche du temple de Sarastro, le visage éclairé par la lune.

La voix de la Reine de la Nuit gronde, bouillonne, grimpe jusqu'à la démesure. Je l'écoute et retiens mon souffle, éblouie par le feu liquide de son chant, son ascension à tire-d'aile vers les sommets de l'agilité sonore. J'aimerais me joindre à cet envol, faire vibrer mes cordes vocales à l'unisson de sa volubilité, escalader l'arc-en-ciel de ses notes. Folie ! je le reconnais, mais qui n'a jamais caressé le rêve de se couler dans la voix d'une cantatrice ? De sentir le passage du souffle actionner la forge du ventre, des poumons, de la gorge, des lèvres, jusqu'aux battements des tempes et des ailes du nez ? Qui ne souhaiterait faire naître l'énergie musicale des vibrations de son propre corps ? Devenir mélodie vivante, pulsation, *legato* ? S'il existe une volupté particulière à se laisser ravir par la beauté du chant, si celui-ci emporte les sens jusqu'aux confins de l'émotion, si la joie s'y teinte de mélancolie ou d'effroi, de langueur ou de courroux, n'y a-t-il pas à maîtriser soi-même l'art lyrique d'autres plaisirs et surtout d'autres pouvoirs ? L'un d'entre eux n'est-il pas d'offrir au public le miroir sonore de ses passions ? Avec pour prétexte les mouvements tumultueux des personnages qui s'expriment sur la scène, chacun peut reconnaître dans ses doubles lyriques la puissance de ses propres sentiments sans honte ni culpabilité. Dans l'obscurité de la salle d'opéra au milieu des autres spectateurs – ou à l'audition solitaire d'un enregistrement –, l'émotion devient permise, valorisée même, parce qu'elle est métamorphosée par l'art, sublimée sans que jamais pourtant elle ne perde sa puissance charnelle. Par une sorte d'osmose, d'alchimie mystérieuse, la cantatrice fait don de sa voix. À chacun de la recueillir et d'éprouver l'ampleur de ses résonances. Au-delà des mots qu'elle prononce, des personnages qu'elle incarne, la voix dans sa beauté fugace nous offre une plénitude, une grâce, une harmonie que seule la musique accorde. La voix de la *diva* n'est-elle pas la figure paradisiaque d'une nourrice qui nous envelopperait de sa peau sonore ?

Mais voici que je me surprends à rêver d'une fusion sans conflits ni distances. Se laisser engloutir par les sons peut être une joie mais aussi une indicible douleur. L'aria vengeresse de la Reine de la Nuit au deuxième acte de *La Flûte enchantée* devrait le rappeler. À chaque fois que je l'écoute, pourtant, l'empire de cet air se renouvelle. Je voudrais, les yeux fermés, isoler cette voix en majesté, ne pas savoir ce qu'elle dit, ne jamais devenir cette mère dévorante, ni tomber entre ses griffes. Mais est-ce possible ? La Reine règne par ses vocalises sublimes et ténébreuses. Elle est la voix de la tyrannie maternelle qui, depuis la nuit des temps, détient un pouvoir quasi absolu sur ceux qu'elle a mis au monde. Comment éteindre cette dette ? Comment lui résister, ne pas succomber à son désir ravageur ? L'aimer sans se trahir ni se perdre ?

Par de vastes mouvements tournoyants qui lient toujours davantage sa fille, les inflexions de la Reine de la Nuit encerclent celle-ci et s'en emparent comme d'une proie. Chaque contre-*fa* jaillit comme un coup de poignard porté à l'amour candide que ressent Pamina pour sa mère. La haine et la rage habitent sa voix. L'effroi l'accompagne. Pamina ne peut que s'y soumettre, ployée, ramassée sur elle-même, assujettie à ce timbre métallique aux accents toujours plus aigus qui la terrassent. La Reine, possédée par une passion destructrice, se jette dans des vocalises acrobatiques, de grands écarts furieux, des arpèges démoniaques. Hors d'elle, comme désincarnée, elle est tout entière dans son gosier. L'accélération de ses trilles plonge sa fille dans une douleur glacée. Comment échapper à ces accents enténébrés qui roulent et s'enroulent autour d'elle, porteurs d'une séduction fiévreuse et menaçante ? Comment ne pas succomber à cette voix qui tonne et harangue, hypnotique et féroce ? Pamina presse les mains sur son visage pour ne pas l'entendre mais le chant s'infiltre en elle, attaque son âme enfantine. Ses oreilles toujours ouvertes sont sans paupières. Elle est entièrement à la merci de ce timbre impérieux qui la fascine et la terrorise. La voix maternelle la possède et la dépossède, elle lui commande l'obéissance. Pamina bascule, à nouveau engloutie dans l'abîme maternel. La Reine exige de sa fille un meurtre. Elle veut que celle-ci devienne le bras armé de sa vengeance, qu'elle tue Sarastro et qu'elle lui remette le puissant « cercle du Soleil » qu'il possède et dont elle se sent lésée. Elle est prête à bannir son enfant si celle-ci ne se fait pas l'instrument de sa fureur et ne trahit pas la volonté paternelle :

Der Hölle Rache kocht in meinem Herzen...

Une vengeance infernale bouillonne dans mon cœur,
la mort et le désespoir flamboient autour de moi !
Si Sarastro ne connaît pas
par ta main les souffrances de la mort,
tu ne seras plus jamais ma fille !

Jadis, le père de Pamina, à la veille de mourir, offrit en héritage à son épouse et à sa fille tous les trésors qu'il possédait. « Et le Cercle solaire, qui englobe l'univers et le pénètre de ses rayons, à qui le confies-tu ? » interrogea la Reine, pleine de reproches et d'amertume. « Qu'il appartienne aux seuls Initiés d'Isis ! Sarastro en sera le gardien masculin comme je l'ai été moi-même jusqu'à ce jour. N'exige pas un mot de plus. [...] Ton devoir est de t'en remettre et de remettre ta fille à la direction de ces hommes sages », telle fut sa réponse. Mais sa veuve veut dérober le Soleil aux sept auréoles à Sarastro, le dépouiller de l'emblème solaire pour le revêtir à sa place. Elle n'accepte pas d'avoir été rejetée de ce pouvoir. Elle refuse de voir sa fille accéder à l'univers des lumières si elle ne peut y appartenir elle-même. La jalousie et l'envie la rongent. Le bonheur de Pamina lui ferait injure. Elle préfère la renier :

> Tu seras pour toujours abandonnée, proscrite,
> les liens du sang seront à tout jamais brisés,
> si par toi Sarastro ne succombe à ce fer !
> Entendez, dieux vengeurs, le serment d'une mère !

Pamina, tiraillée entre la joie d'avoir revu sa mère après une longue absence et l'horreur du crime que celle-ci exige comme prix de son amour, tente de résister. De tout son être, elle refuse de devenir l'assassin de Sarastro pour assouvir la vengeance de la Reine ; cependant elle ne peut se résoudre à perdre l'amour maternel. Si elle ne cède pas aux funestes injonctions, c'est que l'idée d'abandonner Tamino lui est insupportable. Pourquoi sa mère exige-t-elle un tel sacrifice ? Une fille ne peut-elle préserver le lien maternel sans trahir son père ni renoncer à l'amour d'un homme ? Devenir une femme, est-ce cesser d'être une fille ? S'agit-il de fidélités incompatibles, d'amours inconciliables ? La Reine de la Nuit, dans son aveuglement, somme sa fille d'être le jouet de ses revendications, de ses frustrations. Elle ne se veut plus parente, seulement rivale, déjà ennemie. Éperdue de douleur, Pamina cherche courageusement à se dégager de ce pacte infernal. Pour se déprendre de la volonté maléfique de la Reine, elle évoque le souvenir de son père :

PAMINA

Ô ma mère bien-aimée ! Pourquoi n'aurais-je pas le droit d'aimer ce jeune homme quand il sera initié, aussi tendrement que je l'aime à présent ? Mon père n'était-il pas lui-même allié à ces hommes sages ? Il parlait toujours d'eux avec enthousiasme ; il louait leur bonté, leur bon sens, leur vertu. Sarastro ne possède pas moins de vertu !

LA REINE DE LA NUIT

Ai-je bien entendu ? Toi, ma fille, défendre l'ignominie de ces barbares ! Aimer un homme qui, allié à mon ennemi mortel, saurait à tout instant précipiter ma perte! Vois-tu ce fer acéré? Il est destiné à Sarastro. Et c'est toi, ma fille, qui le tueras et me rendras le puissant Cercle du Soleil.

PAMINA

Ô, mère tant aimée!

LA REINE DE LA NUIT

Je ne t'écoute plus.

La Reine disparaît, laissant Pamina le poignard à la main, hébétée. À cette épreuve s'ajoute celle du silence de Tamino. Cette dernière offense lui ôte tout désir de vivre. Elle retourne l'arme contre elle-même :

Ainsi tu seras seul l'instrument de mes noces.
Par toi, je mettrai fin à toutes mes souffrances.

Les trois jeunes Garçons qui accompagnent les héros dans les étapes de leur initiation s'interposent, mais Pamina souhaite mourir. Sa voix presque transparente, lunaire, se dépouille de toute ornementation. Pamina ne s'apitoie pas sur son sort, elle n'émet ni plainte ni révolte. Elle s'effondre avec dignité. Sa douleur est pure douleur. Il y a dans l'amour de Pamina pour sa mère une limpidité que rien ne peut troubler. Aucune haine ne l'habite, aucune passion véhémente. Elle découvre avec stupéfaction les desseins meurtriers de sa mère, mais elle ne proteste pas, elle s'anéantit. Face à l'outrance et à l'arbitraire maternels, elle est sans ruse et sans ressource. Sa pureté la conduit à envisager la mort comme seule issue. Elle s'abandonne à l'idée du repos éternel avec une sérénité presque effrayante. Son chant me déchire comme une blessure ouverte. Je tremble imperceptiblement. Pamina bouleverse par la noble nudité avec laquelle elle accueille la souffrance sans la combattre. S'y opposer, ce serait accuser sa mère : la nostalgie l'en empêche. Elle choisit de retourner la lame du poignard contre elle-même. Si elle ne peut se consoler de l'abandon maternel par l'amour de Tamino, tout espoir de bonheur s'est évanoui. La mesure de son malheur est comble. Les derniers mots qu'elle prononce signent une déception insurmontable, un point de non-retour. Le vrai visage de la Reine de la Nuit lui est apparu, elle ne peut plus se dérober à ce terrible face-à-face :

Plutôt mourir par ce fer
que dépérir de chagrin d'amour.
Mère, mère ! c'est par ta faute que je souffre
et ta malédiction me poursuit !

Les trois Garçons, saisis de pitié devant une telle détresse, arrêtent son geste suicidaire en lui révélant que, contre toute apparence et malgré son silence, Tamino n'a jamais cessé de l'aimer. Ils mêlent leurs inflexions sereines et tendres à la voix éplorée de la jeune fille en un quatuor d'une profonde humanité. Doucement, la consolation l'emporte sur le cauchemar. Pamina vient de passer du point extrême de la déréliction à la transfiguration. Son chant quitte ses accents tourmentés et haletants pour rejoindre l'élan prometteur de l'amour. Il existe un au-delà de la douleur :

Deux cœurs qui brûlent d'amour l'un pour l'autre,
la faiblesse des hommes ne saurait jamais les séparer.
Vains sont les efforts de leurs ennemis
car les dieux mêmes les protègent.

Soudain retentit un air solennel, une musique sacrée. Pamina et Tamino sont au seuil des ultimes épreuves, les plus redoutables, mais désormais ils sont à deux pour les affronter. Mozart souligne le tournant et la portée universelle de ce moment initiatique par des harmonies austères qu'il puise aux sources anciennes de la liturgie protestante avec, en contrepoint, une évocation du *kyrie* catholique et quelques notes qui rappellent le début de son *Requiem* : l'angoisse de la mort jette son ombre sur la calme espérance, la terreur chemine de concert avec la fermeté morale et l'audace.

PAMINA

Tamino ! Il faut que je te voie !

TAMINO

Qu'entends-je ? La voix de Pamina ?

Mozart transcende la pauvreté des paroles humaines pour atteindre l'intimité même de la métamorphose intérieure. La gravité et le dépouillement résonnent avant qu'une joie frémissante ne traverse le chant des deux jeunes gens. Pamina, enfin sereine et radieuse, saisit la main de Tamino et l'invite à traverser le feu et l'eau avec elle. Le désir amoureux et la recherche du dépassement de soi s'épaulent mutuellement. Un homme et une femme découvrent qu'ils peuvent connaître ensemble l'amour et la sagesse. Leurs voies sont complémentaires : Tamino a désormais la solidité du roc et Pamina la limpidité de l'eau. À l'inverse de sa mère, tenue à l'écart par l'arrogance et le désordre de ses passions, la fille accède à la dignité de l'initiation aux mystères d'Isis puisqu'elle ne craint « ni la nuit ni la mort ». Telle la Béatrice de Dante qui l'a mené au seuil du Paradis, Pamina sert de guide à Tamino, mais elle pénétrera avec lui dans le royaume des lumières et de la beauté. C'est à elle que revient l'initiative d'affronter les derniers grands dangers. Elle lui indique le chemin de la libération. Elle est la femme aimée et l'initiatrice. *C'est moi qui te conduirai*, chante-t-elle sur un rythme incantatoire. Sa voix devient pure et lumineuse comme celle de Sarastro, sans fêlure. Pamina appelle Tamino à franchir les ténèbres et les tempêtes avec elle, tous deux soutenus par le chant de la flûte magique que tailla jadis son père. Elle ne craint plus les ombres dangereuses du royaume maternel :

En tous lieux
je serai à tes côtés.
C'est moi qui te conduirai,

que l'amour soit mon guide !
Qu'il jonche notre chemin de roses,
car les roses toujours ont des épines.
Joue à présent de ta flûte magique,
qu'elle nous protège dans notre course.
Mon père, en un instant magique,
la tailla au cœur même
d'un chêne millénaire,
alors que la tempête, les éclairs
et le tonnerre faisaient rage.
Viens maintenant, et joue de la flûte !
Qu'elle nous guide sur le chemin terrible !

Aux sons de la flûte, *par la puissance de la musique*, Pamina et Tamino cheminent joyeusement et traversent écueils et embûches. Ainsi triomphent-ils de la peur et renaissent-ils à une vie nouvelle. Le couple entre dans le temple de la sagesse, la noblesse de leur amour est célébrée. En eux est consacrée l'union de l'homme et de la femme comme la plus noble des destinées. « Triomphe ! Triomphe ! Triomphe ! » clame le chœur, et à travers lui Mozart chante la victoire de sa musique, sa puissance de métamorphose.

Quant à la Reine, elle est renvoyée à son gouffre nocturne ; elle ne peut plus nuire au bonheur de sa fille ni lui imposer l'arbitraire de sa loi. Mais Pamina ne garde-t-elle pas au cœur une blessure toujours vive ? Une fille peut-elle accepter sans peine et sans tourments d'être bannie et abandonnée par sa mère ? Comment renoncer à ce qui demeure pour chacune son premier amour ? Avant d'aimer les hommes, avant même de s'attacher à son père, une fille a pour sa mère un amour absolu et longtemps exclusif. À ce lien fondateur, les filles demeurent fidèles bien au-delà de l'enfance. Souvent fusionnel jusqu'à devenir mortifère, cet attachement archaïque peut se transformer en piège ou, au contraire, se figer dans le rêve secret d'une idylle qui ne s'achèverait jamais.

De mère en fille et petite-fille, les femmes s'emboîtent dans un corps à corps au-delà ou en deçà des mots, elles pensent qu'un même pouls les anime. Elles croient donner le *la* de la respiration, des battements du cœur, le *tempo* des tempes et des poignets, le rythme de la vie. Elles veulent battre la mesure du monde. Babils et cris, airs et récitatifs, accords et désaccords, éclats de voix. Mais leur apparente similitude est un leurre et un danger.

Pamina ne cherche-t-elle pas à conserver intacte l'idée que la Reine de la Nuit est une fée plutôt qu'une sombre divinité prête à l'engloutir avec elle dans sa défaite ? Quel déchirement de s'éveiller à la vérité, de renoncer à ses illusions, d'accepter la différence et la séparation ! N'y a-t-il pas d'autre destin pour le couple mère-fille que le face-à-face tragique de Pamina et de la Reine de la Nuit ?

L'amour d'une femme pour sa mère – comme pour sa propre fille – ne pourrait-il pas être éprouvé dans une juste distance ? Féerie ou sorcellerie, affrontement ou soumission, serait-ce illusoire de croire que cette rencontre peut échapper à toute dissociation brutale, à toute coupure définitive ? Les sentiments entre mère et fille ne possèdent-ils pas autant de reflets que la palette infinie des couleurs du temps ? Qui pourrait jamais en clore l'énumération ? Soudain nuageux, lourds, étouffants et tournant à l'orage, zébrés d'éclairs puis à nouveau dégagés, apaisés et sans perturbations avant la prochaine pluie, le prochain vent. J'aime à penser que le lien mère-fille peut se vivre dans la complexité des demi-teintes, des tons estompés, dégradés, veinés d'autres tons, dans la subtilité des camaïeux, des clairs-obscurs, dans le chatoiement du mat et du brillant mêlés, et pas seulement dans la violence des tonalités tranchées. Ai-je tort d'espérer que l'intelligence et une certaine forme de sagesse puissent se mêler à l'amour maternel et filial pour en nuancer la démesure ? Mère et fille s'affronteraient alors sans se déchirer, se détacheraient sans se perdre et s'aimeraient sans se confondre. Mais pour que ce duo ne se transforme pas en duel, il faut que s'y joigne la voix paternelle, qu'elle fasse entendre une autre tessiture en contrepoint afin que se réconcilient les délices et les dangers de la proximité. Et que puisse naître la fièvre amoureuse.

Cherubino, l'amour naissant

L'amour l'habite. Il tourbillonne, il butine, il s'étourdit. Cherubino ne s'appartient plus, il ne sait plus qui il est ni ce qu'il fait. Il palpite, il frémit. Tour à tour brûlant puis glacé, la fièvre amoureuse s'est emparée de lui. Il est désordres et instants. Fluidité de l'amour naissant à soi-même, souffle d'ivresse, grâce et violence des sens à peine éveillés :

Non so più cosa son, cosa faccio…
Or di foco, ora sono di ghiaccio…

Je ne sais plus qui je suis, ce que je fais…
Je suis tout de feu, et puis tout de glace…
Chaque femme me fait changer de couleur,
chaque femme me fait palpiter le cœur.

Aux seuls mots d'amour, de plaisir,
je suis troublé, je sens ma poitrine agitée
et un désir inexplicable
me pousse à parler d'amour !

Moment magique, irréel, de grâce fébrile, de pure vibration. Cherubino n'est que substance sonore, corps fait sons. Son érotisme juvénile s'exalte par le timbre sensuel et nostalgique de la clarinette, les soupirs et les langueurs du basson, les cordes *pizzicato.* Le jeu de syncopes, le rythme alterné de brèves et de longues donnent la sensation d'une fuite en avant, d'une pulsion haletante, éperdue, d'un jaillissement toujours renouvelé et bondissant. Palpitation du souffle, dilatation de l'être amoureux.

Il accourt, on le cache, il surgit, on le chasse. Cherubino est toujours là. Dans les chambres du château d'Aguas-Frescas, dans les pavillons du jardin, derrière un fauteuil ou blotti sous une robe, l'adolescent s'égare. Chaque femme le trouble, chaque femme lui fait battre le cœur. Il se sent vibrer d'un désir inconnu, qui est parfois délice parfois martyre. Barberina, Susannetta, la vénérée comtesse Almaviva, toutes l'enflamment. Ainsi font toutes les belles. *Così fan tutte le belle !* Il court, il court, le furet, le furet du bois joli, mesdames, il court, il court, le furet, il est passé par ici, il repassera par là…

SUSANNA

Quels yeux coquins,
quelle grâce, quelle silhouette !
Si les femmes l'aiment tant
elles ont de bonnes raisons

« Est-ce mon page qui vous scandalise ? » interroge Beaumarchais : vif, espiègle et brûlant, comme tous les enfants spirituels, aux premiers battements du cœur, cherchant tout sans rien démêler, idolâtre, ainsi qu'on l'est à cet âge heureux, d'un objet pour lui céleste dont le hasard fit sa marraine. Beaumarchais nous le dit, ce rôle ne peut être joué que par une jeune et très jolie femme. « Timide à l'excès devant la Comtesse, ailleurs un charmant polisson ; un désir inquiet et vague est le fond de son caractère. Il s'élance à la puberté, mais sans projet, sans connaissance, et tout entier à chaque événement. »

Le jeune Cherubino s'enivre de lui-même, de la multiplicité de ses émois. Petit serpent, petit démon, jeune séducteur qui ne mesure pas encore sa séduction. Il est amoureux de l'amour, amoureux de lui-même. Sa ferveur se communique à la terre entière. Nous sommes pris de fièvre avec lui, haletants, éperdus :

Je parle d'amour quand je suis éveillé,
je parle d'amour quand je rêve,
à l'eau, à l'ombre, aux montagnes,
aux fleurs, à l'herbe, aux fontaines,
à l'écho, aux nuages, au vent
qui emporte avec lui
mes vains accents...

Et s'il n'y a personne pour m'entendre
c'est à moi-même que je parle d'amour.

Son désir s'éparpille, il n'appartient à personne en particulier. Énamouré, langoureux, il vibre, secoué d'ondes mystérieuses, emporté en tous sens, sans direction déterminée. L'indifférenciation le rattache à la toute-puissance infantile. Il cherche à tout prix à maintenir cette position d'enfant-roi. À chacun de nous, homme ou femme, il pose, comme Mozart, l'unique et vitale question : m'aimez-vous ? m'aimez-vous vraiment ?

Cherubino aime toutes les femmes et toutes les femmes l'aiment : c'est sans conséquence. Il est joli comme une fille. Il a treize ans à peine, un teint de rose et des chapeaux frivoles. Il est au matin de sa vie. Il renvoie à chacun, à chacune, l'image de ses premières émotions charnelles, de ses premières fièvres. Peut-être n'est-il déjà plus un enfant, mais il n'est pas encore un homme. Beauté à la magie indéterminée, il émeut les femmes et agace les mâles. Susanna s'écrie : « Eh, petit serpenteau, voulez-vous bien cesser d'être aussi beau ! » *Il bricconcello*, le petit gredin, c'est qu'il ne se contente pas d'être beau. « Bigre ! il a le bras plus blanc que le mien ! une vraie fille... » Cherubino a l'âge de la grâce androgyne, de la sensualité à peine dessinée. À cette lisière trouble, les privilèges de l'enfance lui sont encore offerts, quelques privautés déjà accordées, en toute candeur. Le jeune adolescent accueille sans sourciller les caresses qui lui sont négligemment offertes et tente d'en dérober quelques supplémentaires. Qui ne voudrait pas être à sa place ?

Est-il mieux fait que moi ? semble s'inquiéter la fiancée au matin de ses noces. Cet être hybride posséderait-il le secret de la féminité ? Les femmes jouent à la poupée avec lui, elles feignent d'ignorer qu'il est garçon. Elles l'accueillent au boudoir, le mêlent à leurs parfums, à leurs jupons, à leurs épingles. Avec une complicité de sœurs, Susanna la camériste et Rosina la comtesse le travestissent, l'habillent, et le déshabillent donc un peu. Cherubino, noble petit page charmé d'être livré aux mains féminines, s'offre à leurs intrigues pour ne pas s'écarter de la douceur de leur peau. Scène du travestissement, scène du ravissement. Puisque le Comte délaisse son épouse et convoite sa femme de chambre, pour le punir, on enverra le petit page, habillé en fille, au rendez-vous. Trio de voix féminines : rires et feinte innocence, gestes et regards furtifs, doux vertiges. Délicieuse et équivoque complicité.

Susanna installe Cherubino à genoux devant elle, à peu de distance de la Comtesse qui s'assied dans un fauteuil. Scène d'intérieur :

Venite… inginocchiatevi…

Venez… agenouillez-vous…
Restez tranquille.
(Elle le coiffe, puis le prenant par le menton lui fait tourner la tête.)
Doucement, doucement, allons, tournez-vous…
Bravo… c'est très bien.
(Chérubin regarde tendrement la Comtesse.)
Tournez-vous vers moi.
Holà ! regardez par ici…

(Elle continue de lui arranger les cheveux et le bonnet.)
Tenez-vous droit... Regardez-moi...
[...]
Plus haut ce col,
les yeux un peu baissés,
les mains sous la poitrine.

La Comtesse est-elle sensible à la voix fiévreuse de Cherubino, tour à tour ardente et glacée, à la troublante ambiguïté de son sexe? Jouit-elle de ce climat d'irréalité où les genres se confondent? L'idéal androgyne qui célèbre l'être parfait et rejoint le mystère sexuel des anges est-il son idéal? Pense-t-elle pouvoir ainsi répondre à une invitation sensuelle sans conséquence? Son mari, jadis si empressé à la conquérir et à l'enlever à la barbe de son vieux tuteur, avec l'aide de Figaro, se montre à présent plus préoccupé de séduire la fiancée de l'ancien barbier que d'honorer sa propre femme. Rosine est devenue la comtesse Almaviva et le Comte n'est plus épris d'elle, seulement jaloux peut-être... Badiner avec le petit page pourrait l'inquiéter un peu, éveiller ses sentiments endormis, redonner du piment à leur conversation amoureuse. Épousée à seize ans, la Comtesse ne se sent pas encore en âge de renoncer à l'amour, comme elle le chante avec une mélancolique noblesse :

Porgi, amor, qualche ristoro…

Amour, donne quelque apaisement
à ma douleur, à mes soupirs ;
rends-moi mon amour
ou laisse-moi mourir.

Cherubino dérobe à Susanna un ruban appartenant à la Comtesse, qu'il noue autour de son bras et tache de son sang. Délicieuse indécision du sexe. L'ambigu triomphe, au nom de l'amour, contre la bienséance du mariage et de la naissance, des sexes et des personnes. Qui est qui ? Qui joue à quoi ? Qui dit vrai sous le masque ? Les différences s'effacent, genres et classes se brouillent. Où est la femme ? Est-elle un leurre, un appât au désir masculin ? Un jeu de miroir entre deux femmes ? Une puissance sereine et résolue qui agit sans se dévoiler ?

Qui est « femme » ? Qui est « homme » ?

Narcisetto, Adoncino d'amor, le nomme Figaro, gêné par la grâce ambiguë du page au sexe incertain. C'est à la guerre que Cherubino doit partir, palsambleu ! Qu'on en finisse ! À lui la gloire et la victoire militaires, qu'il s'en aille du côté des guerriers aux grandes moustaches, au sac pesant, dans la boue, sous la neige ou la canicule. Assez de coquetterie féminine, de romances, de cachettes parfumées, assez de cette belle chevelure, de ces airs nonchalants et frivoles, de ce teint de jeune fille. Qu'il quitte donc l'enfance ! Qu'il soit enfin un homme et qu'on puisse se battre avec lui à armes égales !

L'amour, écrit Diderot dans l'*Encyclopédie*, est quelquefois représenté tenant par les ailes un papillon qu'il tourmente et qu'il déchire. Figaro, mi-cruel, mi-ironique, annonce au jeune adolescent que son destin se transforme soudainement, le Comte l'envoie à Séville comme officier dans son régiment. Cherubino ne vit que dans l'instant, il n'a pas encore rejoint le temps, mais Figaro l'y invite :

Non più andrai, farfallone amoroso…

Tu n'iras plus, petit papillon amoureux,
flâner nuit et jour, autour
des belles dont tu troubles le repos,
petit Narcisse, petit Adonis d'amour.
[…]
Au concert des tromblons,
des bombardes et des canons,

qui font siffler aux oreilles
les boulets sur tous les tons.

Chérubin, à la victoire,
à la gloire militaire.

Le comte Almaviva, Figaro, Basile, le jardinier, tous les hommes souhaitent que disparaisse cet intrus insaisissable, ce poursuivant poursuivi, qui se dit innocent et se mêle à toutes les intrigues, demandant et recevant des baisers qui ne lui sont pas destinés, cet enfant trop plein d'émois, errant d'un lieu à l'autre, d'une femme à l'autre, au centre de tous les imbroglios et de toutes les énigmes du sentiment amoureux.

Ignorant ce qu'il cherche, cherchant ce qu'il ignore, mû par un désir innommé. Qui suis-je ? se demande Cherubino, quel est l'objet de mon désir ? Quelqu'un détient-il ce qui me manque ? Est-ce moi-même ? Est-ce l'autre ?

Je cherche quelque chose
hors de moi-même :
je ne sais qui le possède,
je ne sais ce que c'est.

Cherubino ne sait pas, ou affecte de ne pas savoir, il s'adresse à celles qu'il suppose savoir : les femmes ; il s'en remet à elles avec humilité. Mais l'ignorance du page est supérieure à toutes les connaissances. Il est l'amour même, et cet *être* est davantage qu'un *savoir* :

Voi che sapete
che cosa è amor,
donne, vedete
s'io l'ho nel cor.

Vous qui savez
ce qu'est l'amour,
femmes, voyez
si je l'ai dans le cœur.

Cherubino, le petit serpent, *serpentello*, entre deux jeunes femmes occupées par l'amour, leur chante sa romance :

Je ne trouve la paix
ni jour ni nuit.
Cependant il me plaît
de languir ainsi.

Chacun, chacune, un jour, une nuit en songe, fut ce *Cherubino d'amore*, toujours ému, toujours émouvant. Nostalgie d'un temps, d'un lieu où l'amour se confondait avec la connaissance. Cherubino est un ange posté aux portes du Paradis, il en défend l'entrée. Il n'est pas de retour possible au jardin d'Éden :

> Et Il chassa l'homme,
> Et installa, à l'est d'Éden,
> Les chérubins,
> Avec la flamme de l'épée tournoyante,
> Pour garder le chemin de l'arbre de vie.
>
> (Genèse III,24)

Depuis le 1er mai 1786, chaque soir, quelque part dans le monde, sur une scène d'opéra, une jeune femme travestie en jeune homme déguisé en fille se tient aux portes de l'Amour et invite à y pénétrer. La musique de Mozart dévoile l'âme des personnages comme celles des spectateurs, elle les initie aux épreuves de l'amour et interroge chacun sans détour : oserez-vous prendre le risque d'aimer ?

Les Noces de Figaro, opéra d'apprentissage, transfiguration des passions, métamorphose de soi. Il n'est pas un des personnages qui ne doive sortir de scène autre qu'il n'y est entré. Chacun à son tour fait des rencontres et des expériences, souffre et transforme sa souffrance en un amour plus noble et plus détaché de la jalousie et des travers humains. En chantant peine, joie, déception, attente ou vengeance, orgueil, révolte, amour, pardon, chaque personnage se penche sur lui-même et cherche à comprendre ce qui l'agite. Tout air est un moment de retour sur soi, de lyrisme méditatif.

Cherubino, en fille ou en garçon, circule entre tous, pour incarner la puissance irrépressible de l'Éros, le dévoilement de la vérité du désir. Le page possède la grâce des anges, feu et esprit, intermédiaire entre le haut et le bas. Mozart a composé un être de pure musique, une créature de souffles et de sons. À lui les charmes de l'esquisse, de l'ébauche, la promesse du pur amour. Cherubino est l'émoi naissant, le désir encore sans objet, l'amour de l'amour. Le rêve mozartien de transmuer les passions humaines en un amour transcendant, divin, au-delà des déceptions, des souffrances et des illusions : un amour au-delà de soi, léger et grave, qui s'attache à poursuivre le bonheur et ses délices et non pas les fleurs venimeuses de la douleur romantique.

Dans la loge de la Traviata

Venise, théâtre San Benedetto, 6 mai 1854, Maria Spezia. Livret et mise en scène, Francesco Maria Piave.

Bruxelles, La Monnaie, 4 septembre 1994, Elzbieta Szmytka. Mise en scène, Ursel et Karl-Ernst Herrmann.

Le grand rideau de velours rouge se déployait avec l'ampleur lente et majestueuse d'une femme qui jouirait de se sentir belle. Par coulées successives, il emplit tout l'espace. Au moment de se refermer et de dérober à la vue l'ultime échappée sur la scène, les derniers plis restèrent en suspens. Par l'échancrure s'échappa un flot de volants en ottoman violine. La cantatrice se tenait debout dos à la salle, derrière le rideau, seule la longue traînée de sa robe jetée sur l'avant-scène dépassait. La cantatrice était pieds nus. D'un geste impérieux, elle souleva l'écume ondoyante de l'étoffe. Le rideau se referma complètement. Au bord de la fosse d'orchestre, deux chaussures en soie mauve reposaient à l'abandon. La salle applaudit à tout rompre.

Debout devant le miroir violemment éclairé de sa loge, la soprano se regardait sans sourire. Elle se voyait dans le somptueux costume de bal du premier acte, les épaules pleines et dénudées, le cou gracile, les cheveux remontés en longues anglaises châtaines sur la peau laiteuse de son décolleté, la taille prise dans l'étroit corsage qui s'épanouissait en une jupe d'étoffe bouillonnante, plissée, drapée, gonflée en forme de coque, de nœuds, de boucles et de rosettes. L'excès de son costume la ravissait. Des fleurs blanches piquées dans sa coiffure jusqu'aux tourbillons démesurés de sa robe, elle se sentait Violetta : une femme vouée par désespoir aux plaisirs de la fête, à l'abandon de la chair et du vin, à l'étourdissement d'une volupté sans lendemain. Une femme de la nuit à la peau translucide, laissant deviner comme chez un jeune enfant l'entrelacs bleuté des veines, le frémissement fragile de la vie :

Tout dans la vie est folie
sauf le plaisir.
Réjouissons-nous, l'amour
est rapide et fugitif ;
c'est une fleur qui naît et meurt
et dont on ne peut toujours jouir.

Elle plongea son regard dans le miroir comme si elle cherchait à y rejoindre Violetta, ce personnage au nom de fleur humble et odorante, femme fière et vibrante, aimante jusqu'au sacrifice. Dans sa robe de scène elle interrogeait son reflet. Qui se trouvait là enfermée dans cette image de belle femme, l'héroïne ou une part de sa propre féminité ? L'amour était-il pour elle aussi « croix et délices », *croce e delizia* ? À travers chacun de ses rôles, elle cherchait à capter un pan de son propre mystère, de sa propre mascarade. Elle aimait se découvrir – ou se dissimuler – sous de nouveaux déguisements, ressentir des émotions, des sentiments avec lesquels elle jouait toujours un peu à cache-cache. Par les vibrations de sa voix, elle s'unissait à Violetta, Carmen, Elvira ou Zerlina, Susanna ou Cherubino, Dorabella ou Fiordiligi, ces êtres de notes et de mots qui racontent nos plus secrètes émotions.

La chanteuse songeait à sa propre vie. Qu'avait-elle de commun avec la Traviata ? Peu de chose en somme. Courtisane, demi-mondaine, femme entretenue, cocotte, fille de joie, femme légère, toutes ces appellations signaient le XIXe siècle bourgeois qui se vautrait dans la conjugalité et l'adultère, vibrait de bons sentiments et condamnait sans appel ce qui rompait le bon ordre des familles. Elle haïssait ce siècle qui ne laissait aucune issue aux femmes et les enfermait dans cette absurde alternative : pure ou impure, honnête ou malhonnête, vierge ou putain. Verdi, pourtant, avait de la tendresse et de la compassion pour son héroïne. Il avait connu dans sa propre existence le poids de l'opprobre social, la honte et le dédain jeté sur la femme aimée. Elle se préparait à chanter avec Germont, le père inflexible, en qui le doute s'insinuait, qui se laissait brièvement émouvoir par la puissance d'un amour si absolument sincère, mais, fidèle à l'ordre moral, ne céderait rien et la broierait. Ce duo la troublait toujours comme s'il fallait à un père choisir entre les deux parts de sa fille, condamner l'une d'elles à la mort et l'aimer pourtant. Les pères devaient-ils être sévères pour être des pères ? Ne pouvaient-ils s'empêcher d'entraver les choix de leurs enfants, de leur rendre la jouissance de la vie illégitime ? Ne pouvaient-ils se réjouir de leurs amours ?

L'habilleuse entra dans la loge, elle aida la soprano à délacer le costume du premier acte. Celle-ci se défit de la parure violine qu'elle laissa choir à ses pieds comme une couronne mortuaire. Lentement elle se glissa dans sa deuxième robe de scène, un vêtement plus modeste et champêtre, taillé dans une cotonnade rayée. L'habilleuse l'agrafa dans le dos, boutonna les longs poignets, ajusta le col, disposa les plis et lui défit sa coiffure. Assise entre les deux rampes de lumière de son miroir, la chanteuse brossa ses longs cheveux répandus sur les épaules. Puis ce fut au tour de la maquilleuse d'intervenir. Elle lui posa un bandeau pour dégager le front et les tempes jusqu'aux oreilles, enleva soigneusement toutes les traces de fards. La face nue, lisse et très pâle, la chanteuse ferma les yeux et se concentra un moment. Puis elle suivit chacun des gestes qui, comme pour une cérémonie sacrée, transformaient son propre visage en un masque de théâtre. Elle aimait ce rituel comme une méditation nécessaire pour s'imprégner de son personnage. C'était par la peau qu'elle entrait dans son rôle. Elle voyait sous les doigts précis de l'esthéticienne naître l'intériorité de Violetta.

Elle se répétait intérieurement quelques passages de ses airs :

> Comme c'est étrange ! étrange !... Dans mon cœur
> sont gravés ces accents !
> Un amour vrai, pour moi, serait-il un
> malheur ?...
> Que résous-tu, ô mon âme troublée ?...
> Nul homme encore ne t'avait enflammée...
> Ô joie
> que je n'ai pas connue : être aimée en aimant !

La cantatrice ne perdait aucun des mouvements qui traçaient sur la toile de son visage les traits prêtés à une autre : le va-et-vient de l'éponge qui couvrait de fond de teint les ailes du nez, les pommettes puis descendait des joues au menton et au cou en s'estompant, la vivacité de la brosse qui creusait les joues à l'aide d'une poudre bistre, les petits traits hachurés du crayon qui glissait sur la paupière pour donner de la profondeur au regard, la précision de la ligne qui cernait la forme des lèvres, le pinceau qui étalait le rouge sur la bouche puis le voile de poudre qui fixait le tout. Le maquillage se faisait en silence.

C'était un temps de recueillement, un moment de suspension avant l'élan.

Elle se voyait déjà en scène, face à Germont, courbée sous la douleur extrême en l'écoutant lui dire :

> Oui.
> Aussi pure qu'un ange,
> Dieu m'a donné une fille ;
> si Alfredo refuse à présent
> de retourner au sein de sa famille,
> le jeune homme, aimant et aimé,
> qu'elle devait épouser
> se refuse à ces liens
> qui nous rendaient heureux.
> Ah ! ne changez pas en tourments
> les roses de l'amour…
> Ah, que votre cœur, non, non,
> ne s'oppose pas à mes prières.

Violetta devait-elle payer l'amour de sa vie ? N'y avait-il donc pour elle d'autre issue que la légèreté, les faux-semblants, le désespoir travesti en carnaval ? La courtisane appartenait-elle donc seulement à la vanité des plaisirs ? L'autre – la belle et pure jeune fille, la jeune sœur de son amant – pourrait connaître les joies du foyer dans sa douce Provence. Ange ou sorcière, une femme se devait d'apparaître sans mélange aux yeux des familles. Le plaisir était interdit aux femmes honnêtes, l'amour demeurait une effrayante transgression.

La soprano sentait dans la gorge sa voix monter du *pianissimo* au cri :

> Dites à l'enfant si belle et pure
> qu'elle trouve une victime de l'infortune,
> à qui reste un unique, un unique rayon de bien…
> Qu'elle le sacrifiera pour elle et qu'elle mourra,
> qu'elle mourra, qu'elle mourra.

Violetta, l'ensorceleuse, ne pouvait racheter sa vie sans honneur que par l'abnégation. Morte, elle sera l'ange consolateur d'un père éploré. *Amour et mort*, tel était le premier titre de l'opéra de Verdi, mais la censure l'interdit et préféra : *La Traviata*, « La Dévoyée ».

> Embrassez-moi, embrassez-moi comme votre fille…
> Je serai forte ainsi.

La soprano aimait interpréter ce rôle parce que sa révolte lui donnait encore plus de vigueur, de nervosité, d'intensité dramatique, parce qu'elle chantait « contre » ses propres sentiments. Une fébrilité s'empara d'elle. Elle désirait au plus vite regagner la scène. Elle imaginait la salle avec le grand lustre au-dessus de la tête des spectateurs, ce « bel objet lumineux, cristallin, compliqué, circulaire et symétrique » comme l'avait aimé Baudelaire. Elle voulait sentir sa voix vibrer, puissante, souple, veloutée et lumineuse. Elle était là, debout, au bord de la scène, sentant le public suspendu aux inflexions de sa gorge. Elle en jouissait avec lui. Elle ne s'appartenait plus. Elle était entièrement fondue dans cet instant sonore, le souffle long, inépuisable. Elle n'était plus qu'une voix. Son corps, sa peau, son sexe, tout son être chantait.

Sur le seuil de sa loge d'artiste apparut le régisseur, accompagné d'une fillette de six ou sept ans aux grands yeux verts, un bouquet à la main. La cantatrice, déjà en vêtements de ville, portait encore sur le visage son maquillage de scène. Elle sourit car elle aimait savoir que certains soirs parmi la foule des spectateurs se trouvaient des enfants. Il lui semblait que sur leurs visages émerveillés se lisait la véritable magie de l'opéra, sa raison d'être. Sans hésiter, elle s'approcha de la fillette et, la saisissant par la taille, la hissa sur la chaise devant le grand miroir éclairé par des dizaines d'ampoules électriques. Elle décrocha d'une longue tringle chargée de ses costumes le premier, celui de la scène du bal chez Flora, et la présenta devant la petite fille éblouie. Seule émergeait sa petite tête au-dessus du corsage et de l'ample jupe qui recouvrait non seulement ses jambes mais également une large partie des pieds de la chaise. Elles restèrent un long moment silencieuses, leurs regards captifs : la fillette était fascinée par son image, promesse d'une féminité triomphante, sous les yeux de la belle dame qu'elle avait admirée sur la scène quelques instants plus tôt, et la soprano voyait dans cette lueur de fierté le reflet de son désir d'être adulée, mais surtout cette joie incomparable de la réalisation d'un rêve d'enfant. Leurs yeux se rejoignaient dans le grand miroir. La diva fit glisser une à une chacune de ses robes de scène devant la petite admiratrice : la festive, la champêtre et la longue chemise de nuit blanche du dernier acte. La petite fille demeurait muette de joie et la soprano riait de cet émerveillement. La féminité serait-elle – comme la virilité – une mascarade ou surtout un rôle à tenir dans le grand théâtre de la vie ? Alors, mieux valait-il l'interpréter avec finesse, intelligence, et surtout un brin de malice et beaucoup d'imagination ! Elle sourit au petit bout de femme qui se mirait dans la glace et en la soulevant pour la redéposer sur le sol, elle lui fit un clin d'œil de complicité comme si elle lui glissait à l'oreille : à toi, maintenant ! Et n'oublie pas : l'amour est un jeu. Joues-y bien, petite dame !

La petite fille, qui aimait les opéras parce qu'on y raconte de terribles et merveilleuses histoires d'amour, fit de beaux rêves cette nuit-là. Au matin, elle se souvint de la scène devant le miroir de la loge et se rappela qu'elle n'avait pas eu le temps d'interroger la belle soprano qui devait sans doute connaître tous les secrets de l'opéra : Don Giovanni et Carmen se seraient-ils aimés s'ils s'étaient rencontrés ?

Carmen et Don Giovanni : une rencontre improbable

Carmen et Don Giovanni auraient-ils pu s'aimer ? Sur scène, un siècle les sépare : *Prague, 29 octobre 1787 – Paris, 3 mars 1875*, mais dans notre imaginaire lyrique leur désir de séduire les rassemble. Imaginons. Leur rendez-vous serait-il devenu une confrontation ou un élégant pas de deux ? Une lutte à mort, un combat à armes égales ou la fuite par crainte de rencontrer l'inquiétante familiarité de son double ? Carmen et Don Giovanni se ressemblent-ils ? Une Carmen est-elle un Don Juan, et inversement, Don Giovanni a-t-il la liberté d'une Carmen ? La petite bohémienne et le grand d'Espagne ont-ils la même idée de l'amour ?

Carmen inverse le pari donjuanesque – non plus un homme contre « la Femme » mais une femme contre « l'Homme ». Auprès d'elle, nul

Leporello pour tenir la liste de ses conquêtes : Carmen ne dénombre pas, elle dispose. Elle ne compte pas, elle jouit. Son orgueil est au-delà de tout chiffre. Rien n'égale l'insouciance qui la guide, son détachement, son indolence, son insolence. Elle ne connaît d'autre loi que celle de son désir, elle n'abdique ni ne concède rien à son bon plaisir. Elle est la reine du jeu. Si elle trouve un homme joli garçon et qu'il lui plaît, elle s'en empare, elle le dépouille de son libre arbitre. Elle jette une fleur à ses futurs amants comme une sorcière un sort. Sa séduction est totale comme sa liberté. Sa vie, elle la danse, elle la chante.

Comme Don Giovanni, elle « brave tout, le feu, le fer et le ciel même ». Elle dispose des autres comme elle dispose d'elle-même : tout lui appartient et surtout l'usage nomade de l'existence. Ici ou ailleurs, maintenant ou plus tard – ou jamais – sont équivalents. Elle se place d'emblée au-dessus des circonstances singulières, elle incarne l'amour de droit absolu. Sur son passage, les jeunes gens frémissent, enivrés :

Carmen, sur tes pas, nous nous pressons
tous ;
Carmen, sois gentille, au moins réponds-
nous
et dis-nous quel jour tu nous aimeras !

Carmen joue de son pouvoir d'attraction. Pourquoi répondre à la question pressante ? C'est elle qui détient les cartes ; parmi toutes les cigarières, elle est la plus désirée, elle le sait. Selon son bon plaisir, telle une reine, ou la figure même de la Fortune – bonne ou mauvaise –, elle désignera celui qu'elle préfère, son caprice du moment :

> Quand je vous aimerai, ma foi, je ne sais pas.
> Peut-être jamais, peut-être demain ;
> mais pas aujourd'hui, c'est certain.

Contre toute attente, contre toute espérance, elle jettera son dévolu sur qui elle veut. Elle incarne le Destin – même si elle ne peut elle-même y échapper, mais peu lui importe, elle ne craint personne puisqu'elle est prête à rencontrer la mort. La valeur d'un homme, c'est elle qui la lui donne. Son regard le métamorphose :

> L'un parle bien, l'autre se tait ;
> et c'est l'autre que je préfère,
> il n'a rien dit, mais il me plaît.

Carmen, enfant de bohème, ne se plie pas à d'autre loi que celle de sa pure fantaisie.

L'amour, elle le prend, elle le donne, n'en déplaise aux braves gens. Carmen, femme rebelle, incarne la pulsion érotique, son inaliénable liberté, son arbitraire, sa totale déraison. Nietzsche admirait le tempo de la « Habanera » : « C'est un exercice de séduction, irrésistible, satanique, ironiquement provocant. C'est ainsi que les anciens imaginaient Éros. »

Sur l'échiquier de la séduction, Carmen n'occupe pas la même position que celle de Don Giovanni, ni même une place symétriquement opposée. Elle est femme, le scandale de sa conduite tient à la liberté avec laquelle elle inverse l'invitation sexuelle. Mais les hommes qu'elle aguiche ne sont pas soumis à la même réserve que les femmes qu'approche Don Giovanni : ses amants peuvent exprimer leur désir, elle peut les soumettre en jouant avec celui-ci. Son désir à elle, elle ne le cache pas, elle s'offre la liberté de l'impudeur. Pour son sexe, c'est la seule façon d'être libre :

> L'oiseau que tu croyais surprendre
> battit de l'aile et s'envola…
> L'amour est loin, tu peux l'attendre.
> Tu ne l'attends plus… il est là…
> Tout autour de toi, vite, vite,
> il vient, s'en va, puis il revient…

Tu crois le tenir, il t'évite,
tu crois l'éviter, il te tient.

Don Giovanni s'amuse à ravir une religieuse à la clôture de son couvent, et Carmen un soldat au clairon, au drapeau et aux ordres de son officier. Il se moque de la religion, elle ridiculise l'armée. Il est chrétien, elle est hors la loi. Il est au-dessus des autres parce qu'il est homme et aristocrate, elle est intouchable parce que, femme et bohémienne, elle n'appartient pas au monde des honnêtes citoyens : ils occupent chacun un lieu extrême de la société, ils ne partagent pas le sort commun, Don Giovanni s'en échappe par le haut, Carmen par la marge des bas-fonds. Il se déclare libertin, elle est synonyme de liberté.

Carmen est sphinx, son désir est une énigme. Elle s'offre ou se refuse mais toujours elle mène la danse. Il faut se soumettre ou s'écarter. Elle annonce d'emblée qu'elle détient un pouvoir magique, dangereux, fatal, auquel nul ne peut échapper. La connaître, c'est déjà succomber :

Si tu ne m'aimes pas, je t'aime ;
si je t'aime, prends garde à toi !...

Qui s'approche du feu incandescent de l'amour bohème se trouve en proie aux démons périlleux d'une femme qui ensorcelle. Carmen raconte par la voix de Mérimée, puis par les mélodies de Bizet et les mots de ses librettistes, la volonté bourgeoise du XIXe siècle de croire que la puissance de l'Éros n'habite pas tout être humain mais seulement la femme fatale, la femme mauvaise, diabolique, la tentatrice, l'Ève éternelle dans tous ses mystères et ses dangereux appas. De cette fable Carmen est l'incarnation.

Mais aujourd'hui les spectatrices peuvent s'y reconnaître différemment. Interprétée avec dignité, sans vulgarité ni espagnolades ridicules, elle annonce l'aspiration moderne des femmes à disposer d'elles-mêmes, à s'affranchir de la domination des hommes, à se laisser guider par d'autres choix que celui de la stratégie matrimoniale, à ne compter que sur elles-mêmes pour explorer le monde et les jeux de l'amour et de la séduction.

Carmen aurait-elle pu aimer Don Giovanni ou seulement vouloir le subjuguer ? Lui aurait-elle jeté sa fleur en guise d'invitation ? L'aurait-il ramassée ? Serait-il devenu fou d'amour, déstabilisé par une fille trop libre ? Don Giovanni, en la rencontrant, aurait-il trouvé son maître plutôt qu'une maîtresse de plus à coucher sur sa liste ? son alter ego ? ou appartiennent-ils à deux mondes qui ne pourront jamais se croiser ? Se seraient-ils, comme Barbe-Bleue et Judith, blessés à mort ?

Le Château de Barbe-Bleue

Face à face un homme et une femme, seuls, enfermés, livrés l'un à l'autre. Nous sommes dans le château gothique de la Barbe-Bleue. Une grande salle vide, sans fenêtres, inhospitalière, plongée dans l'obscurité. À droite d'un escalier, on devine sept grandes portes closes. À gauche, un escalier raide mène à une petite porte en fer qui soudain s'ouvre : dans un rectangle de lumière aveuglante se découpent les silhouettes noires de la Barbe-Bleue et de sa nouvelle épouse, Judith.

BARBE-BLEUE

Nous sommes arrivés. Regarde : c'est le château de Barbe-Bleue, moins splendide que chez ton père. Judith, me suis-tu encore ?

JUDITH

Je viens, je viens, Barbe-Bleue.

Le Château de Barbe-Bleue, l'opéra de Béla Bartók, sur un livret de Béla Balázs, créé à Budapest le 24 mai 1918, est un poignant huis clos, un affrontement sans issue ni répit entre de nouveaux époux. Le temps d'un acte unique, les protagonistes restent en tête à tête, à la merci l'un de l'autre. Ils tentent en vain de se rencontrer et de s'aimer, ils finissent par se détruire mutuellement.

Spectatrice ou auditrice impuissante, j'assiste à leur impossible conversation amoureuse. C'est un opéra douloureux, violemment désespéré. Il raconte qu'à défaut de pudeur et d'intelligence il n'est pas d'amour possible entre les hommes et les femmes. Les élans ne suffisent pas, ni même la ferveur. Bien des émotions contradictoires agitent la pensée des amants en leur for intérieur – peur, impatience, jalousie, doute, colère, regret, curiosité, désir d'emprise, réticence, impuissance, mélancolie… – mais la sagesse amoureuse exige que l'on ne s'y attarde pas. Est-ce là une manière très singulière d'entendre l'opéra, de le retourner comme un gant, de le lire en creux ? Est-ce pour me protéger de leur faillite amoureuse que j'y oppose avec tant d'intensité la conviction qu'il existe une voie – étroite, sinueuse, risquée – qui permet à ceux qui s'aiment de préserver leur amour ?

L'osmose profonde entre la partition de Bartók et les paroles chantées de Balázs reflète pourtant l'espoir que l'amour, toujours précaire, douloureux, illusoire, puisse perdurer. La fusion sonore entre le texte et la musique, dont les courbes s'épousent et se renforcent mutuellement en un récitatif dramatique intense et continu, fait simultanément entendre l'impossibilité d'une communion entre homme et femme et l'immense nostalgie qui naît de cet échec : l'éphémère beauté sonore du *Château de Barbe-Bleue* invite à éprouver toutes les pulsations du désir amoureux.

Le conteur du Prologue nous prévient : ceci est un conte mais pas à la manière de Perrault. *Il était une fois… dehors ? dedans ?* Ne s'agirait-il donc pas du monde étrange et mystérieux de la fable ? Chacun se trouverait-il convoqué sur la scène du drame ? Qui saigne ? Qui a soif de connaissance ? Qui a peur de la lumière ? Est-ce eux ? est-ce nous ?

> Le rideau de nos cils se lève : où est la scène : dehors ? dedans ?

Tels sont les mots prononcés, c'est un avertissement. L'histoire qui commence est notre histoire, l'opéra qui va se dérouler sur la scène est notre opéra intérieur : s'y livre la bataille de l'amour et de l'intelligence, de la soif de savoir et du désir d'obscurité, de la fusion amoureuse et de la radicale altérité, de la sérénité et de l'angoisse. Judith et la Barbe-Bleue racontent nos peurs et nos désirs. Nous sommes eux, ils sont nous. Ils chantent nos rêves et nos désillusions. Ils n'incarnent ni l'amour baroque de Mozart ni l'amour romantique de Verdi : le leur est un amour impossible et absurde. Peut-être sont-ils trop isolés, loin de la scène du monde, entièrement livrés à la sauvagerie de leur inconscient, dans une sorte de duel à mort qui ne peut que les anéantir ensemble. L'une après l'autre les sept portes s'ouvriront : ainsi s'écoule le temps de la vie. Comme se répand le sang que Judith découvre, horrifiée. Au bout attendent la mort et la solitude.

Judith pensait-elle découvrir un autre secret ?

La nouvelle épouse a quitté son père et sa mère, son frère et son fiancé, pour suivre son mari. Elle se blottit contre lui, émue, inquiète. Elle le trouve extrêmement attirant avec sa barbe bleutée si étrangement virile, mais sa déclaration d'amour garde des accents tourmentés. Son chant emprunte les inflexions de la langue parlée. La prosodie hongroise ne prend pas appui sur les longues et les brèves, mais sur l'accentuation variable des syllabes. *Kékszakállu ! Barbe-Bleue !* scande-t-elle, la voix pleine d'appréhension :

> C'est donc le château de Barbe-Bleue !
> Ni fenêtre ? Ni balcon ?

Judith a peur, la Barbe-Bleue vient de fermer la petite porte de fer. Elle voit pour la première fois la demeure qui est désormais la sienne, le manoir conjugal : l'obscurité y est totale, aucune lumière, aucun soleil n'en adoucit les ténèbres. Elle tressaille et s'effondre en sanglotant :

> Ce que ton château est obscur !
> Le mur est humide ! Barbe-Bleue !
> Quelle eau ruisselle sur mes mains ?
> Ton château pleure ! Ton château pleure !

Judith évoque une rumeur qui rôde autour de son nouvel époux et à laquelle elle a cru. « Quelle rumeur ? » demande-t-il ; mais elle se tait. Une clarinette souligne son silence. Judith tente de surmonter son aversion pour la demeure conjugale dont l'accès vers l'extérieur vient d'être plombé par son mari. *Le château pleure !* Elle pense que ces larmes sont celles de son époux. Le château est l'âme de Barbe-Bleue. Forte de cette conviction, Judith décide de le sauver de la douleur, avec lui ou à son corps défendant :

Pauvre Barbe-Bleue, que t'est-il arrivé ? De quels malheurs est donc tissée ta vie ? De mes lèvres, je sécherai tes larmes et tes chagrins, de mon corps je réchaufferai les murs de ton âme. Je te sauverai, je t'arracherai aux ténèbres de ta mémoire. J'inonderai ta vie de soleil ! Ne crains rien, Barbe-Bleue, j'effacerai la souffrance de ton existence.

« Mon château n'est pas lumineux », répond avec sobriété le maître des lieux, mais sa femme, emportée par un amour généreux, irréfléchi, autoritaire et intrusif, s'attache aux sept portes noires et fermées qu'elle découvre aux alentours.

JUDITH

Pourquoi ces portes sont-elles closes ?

BARBE-BLEUE

Pour que personne n'y regarde.

Judith passe outre l'avertissement. Elle ne perçoit pas le danger d'entraîner son mari dans une voie qu'il ne souhaite pas. Elle exige qu'il lui dévoile son intimité sans rien lui montrer d'elle-même. Une symphonie de bois accompagne ce dangereux désir de connaissance. Elle se rue sur la première des sept portes, elle tambourine et crie : *Ouvre ! ouvre ! ouvre !* À ce bruit répond le long gémissement du vent nocturne. Judith s'en effraye. « Tu as peur ? » interroge son homme. De sa voix la plus mélodieuse, sa partenaire le persuade d'ouvrir la porte *doucement, tendrement.* En prononçant ces mots, elle appuie sa tête sur son épaule :

> Barbe-Bleue, donne-moi la clef,
> donne-moi la clef car je t'aime !

Que répondre à une telle invitation ? Comment s'y refuser ? L'effraction se pare de la douceur des illusions amoureuses et Barbe-Bleue n'y résiste pas. Il consent *par amour* à son propre dévoilement. Il acquiesce à la demande de sa femme et bénit sa main. On entend les clefs tinter dans l'obscurité. Judith transgresse l'interdit de voir et de savoir. Tel est son désir, mais elle n'en connaît pas encore le prix. Elle ne voit pas qu'elle court à sa perte et entraîne avec elle celui qu'elle dit aimer. Dans sa jeune candeur, elle rêve d'un amour sans ombres, lumineux, elle le croit souhaitable et heureux. Elle ne sait rien encore de la force secrète et obscure de l'amour, de son indispensable mystère. Elle se laisse gagner par la tentation de la transparence, elle n'en connaît pas la puissance mortifère. Barbe-Bleue se laisse convaincre, peut-être même espère-t-il secrètement être « forcé » à montrer son âme. Ne serait-ce pas un soulagement de partager avec elle la part la plus honteuse de sa personnalité, la part la plus horrible, celle qu'il voudrait se cacher à lui-même ?

Judith ouvre la première porte : un pan de lumière *rouge sang* jaillit et la pétrifie. L'orchestre accompagne la sanglante vision des trémolos suraigus des violons et des clarinettes traversés par les sons de détresse du xylophone et du piccolo.

Les mains serrées contre la poitrine, elle nomme ce qu'elle voit :

JUDITH

Chaînes, poignards, pieux acérés,
pals incandescents.

BARBE-BLEUE
C'est la salle de torture, Judith.

D'emblée, le maître des lieux expose les impulsions les plus noires de sa vie intérieure : cruauté, désir de torturer, de tuer et peut-être même de mourir. Il ne dissimule pas la noirceur de son âme, il se dénude au-delà de tout ce qu'une amoureuse pourrait désirer. Il ne cherche pas à la séduire, à enjoliver son apparence. Elle a voulu le voir, qu'elle le voie ! Âpre, sombre, blessant. Résistera-t-elle à cette noirceur sanguinaire ?

Judith poursuit son idée. Si le château saigne, c'est parce que son mari souffre. Ses blessures, elle veut les soigner. La lueur rouge donne à sa silhouette un contour ardent. Elle n'a pas peur, elle marche vers la clarté rougeoyante et fait de ses mains une coupe de lumière. Son époux répète obstinément que c'est un torrent rouge, un torrent de sang, mais Judith n'en veut rien savoir. Malgré un premier moment d'effroi, elle poursuit sa quête, elle la pense légitime puisqu'elle l'entreprend au nom de ce qu'elle croit être l'amour. À la manière d'Œdipe, Judith cherche la lumière de la vérité et s'aveugle. Elle veut *voir* et s'égare. Elle pense ouvrir les portes de l'amour et elle en ferme l'accès. Son insistance est blessante, impudique, comme le rouge couleur du sang qui baigne la pièce entrouverte, mais elle persévère dans sa quête obstinée et tragique. Elle croit que Barbe-Bleue est blessé, mais c'est elle qui le blesse. Il lui dit sa répugnance à se dévoiler davantage. Il essaye de la mettre en garde mais elle ne veut rien entendre :

JUDITH

Pour que pénètrent vent et soleil, il faut ouvrir toutes les portes !

BARBE-BLEUE

Tu ignores ce qu'il y a derrière.

JUDITH

Donne-moi les autres clefs ! Il faut ouvrir toutes les portes !

BARBE-BLEUE

Judith, pourquoi veux-tu le faire ?

JUDITH

Parce que je t'aime !

L'amour de Judith ensanglante la Barbe-Bleue. Le sang qu'elle a vu dans la première pièce, c'est aussi le sang qu'elle répand elle-même par son désir de connaissance. Elle ne saisit pas que sa demande d'éclairer l'obscurité est un leurre, une fausse perspective. Elle ne comprend pas qu'elle pénètre par effraction dans le château de l'âme de Barbe-Bleue. La quête intellectuelle et spirituelle de Pamina et Tamino traversant les ténèbres, main dans la main, pour rejoindre ensemble les lumières de la Raison s'inverse ici. Judith ne veut pas conquérir *avec* Barbe-Bleue un bonheur idéal au-delà d'eux-mêmes, elle cherche à s'emparer du monde intérieur de son compagnon, à son insu et contre son gré. Elle veut traverser ses ténèbres sans qu'il l'y invite. Elle ne s'interroge pas davantage sur ses propres obscurités. À aucun moment elle ne doute de sa démarche. Pas de masques, de faux-fuyant, de confusion, de clair-obscur, non, rien que la lumière impitoyable.

Barbe-Bleue tend à Judith la seconde clef, leurs mains s'étreignent un court moment. « Prends garde à nous », supplie-t-il encore, espérant faiblement lui faire entrevoir une autre vérité de l'amour. Hélas, convaincue qu'au nom de la douceur et de la tendresse elle n'enfreint aucun secret, ne commet aucune transgression, Judith tourne la clef et la seconde porte s'ouvre à son tour : un rayon de lumière *rouge cuivré*, sombre et terrifiant, se dessine alors sur le plancher à côté du premier rai de lumière. « Que vois-tu ? » interroge sans ciller l'époux accablé.

JUDITH

Cent terribles armes cruelles,
des engins de guerre effroyables.

BARBE-BLEUE

C'est mon arsenal, Judith.

JUDITH

Quelle puissance est la tienne,
quelle cruauté est la tienne !

Bartók accompagne la découverte guerrière du son de la trompette. La femme prend une nouvelle fois connaissance de la cruauté de son époux mais elle y reconnaît aussi sa puissance virile et cette révélation lui plaît. Son partenaire lui demande si elle a peur, mais à cette interrogation elle réplique sans hésitation qu'elle veut les *autres* clefs. Sa curiosité, par deux fois satisfaite, obscurcit sa raison. Elle n'entend pas y mettre fin comme l'adjure son mari. Sa propre puissance lui apparaît soudain et l'éblouit. L'emprise qu'elle exerce sur cet époux que la rumeur proclame si terrifiant l'enivre. Monte en elle la saveur nouvelle du pouvoir, une cruauté qu'elle nomme encore amour.

« Donne-moi les autres clefs ! » répète-t-elle. – « Prends garde, prends garde à nous », répond-il encore. – « Je suis venue parce que je t'aime », insiste-t-elle. « Je suis à toi : conduis-moi partout ! »

Le chant suave de la harpe accompagne une déclaration mélancolique de Barbe-Bleue. La musique de Bartók nous fait ressentir que le goût de faire souffrir n'est jamais très éloigné de celui de s'infliger à soi-même de la souffrance. Met-il en notes les mots de Freud, son contemporain ? Les destins du sadisme et du masochisme sont inextricablement liés l'un à l'autre. Comme les deux héros de l'opéra, ils ne peuvent que gagner ou perdre ensemble. Leurs vies sont scellées. Le sombre propriétaire du château tremble avec sa demeure, une douleur ancienne le hante. Judith le tourmente en réveillant cette plaie mal fermée, mais il en ressent une trouble satisfaction :

> Le plaisir frémit dans les pierres tristes.
> Judith, Judith ! Qu'il est frais et doux,
> le sang qui jaillit d'une plaie ouverte.

Le héros du XXe siècle a soudain les accents lyriques des opéras du passé, le bel canto suspend un instant l'affrontement sans répit d'un couple en guerre. L'homme à la barbe bleue épanche son cœur meurtri. Il voudrait être aimé, enfin, rendre les armes, s'abandonner à la douceur, même douloureuse, des caresses amoureuses. Alors, aux exigences de sa femme, Barbe-Bleue se plie soudainement, bien qu'il tente de contenir sa curiosité incessante. Il lui propose un échange : trois clefs pour le prix du silence. Il lui accorde la vue, mais lui refuse la parole. À Orphée ramenant Eurydice des Enfers, les Puissances d'en bas demandèrent de respecter trois interdictions : ne pas se retourner pour regarder sa bien-aimée, ne pas la toucher et ne pas lui parler. Orphée ne put observer l'interdit du regard et il perdit sa belle. Barbe-Bleue n'en demande pas tant : il exige seulement de sa dernière épouse de regarder si elle le souhaite, mais surtout de garder le silence.

Je vais te donner ces trois clefs.
Tu verras, mais jamais de questions,
quoi que tu voies, jamais de questions.

Barbe-Bleue supplie d'abord Judith de l'aimer dans l'obscurité et l'oubli de son inconscient, mais puisqu'elle ne peut résister à la tentation de la lumière, et qu'elle le contraint à lui donner les clefs de son âme, il lui demande de faire silence sur la nudité qu'elle lui vole. Il souhaiterait être aimé dans la méconnaissance réciproque. Il ne croit pas à cette volonté moderne de tout se dire, sans égards, quelle que soit la douleur d'une révélation. L'amour, c'est l'art de la conversation, pas la brutalité de l'inquisition. « Judith, aime-moi, jamais de questions. » Y parviendra-t-elle ? Pourra-t-elle se brider ? ne pas désarmer son mari ni forcer une à une ses issues dérobées ? Ou le désir d'exercer son emprise sur lui l'emportera-t-il ? Dans le récit de Charles Perrault, en 1697, Barbe-Bleue feint de s'absenter pour mettre à l'épreuve sa femme et vérifier sa résistance à la tentation de la curiosité. Dans l'opéra hongrois, Barbe-Bleue et son épouse demeurent en présence l'un de l'autre tout au long du drame. C'est sous les yeux de son époux que Judith ouvre une à une les portes interdites.

Si Judith avait lu les *Métamorphoses* d'Apulée, elle connaîtrait le mythe des amours de Psyché et de Cupidon. Elle y aurait appris qu'aimer, c'est renoncer au désir de percer les secrets de l'être aimé. Elle aurait su qu'une très jeune femme croit volontiers ce que racontent les mauvaises langues de la rumeur et qu'elles sont vilaines conseillères. Rongées de jalousie, les deux sœurs de Psyché devinent que l'époux qui se fait entendre la nuit mais ne se montre jamais aux yeux de sa jeune épouse est peut-être Cupidon lui-même. Elles lui dépeignent alors son époux sous les traits d'un monstre qui dissimule d'affreux desseins à son égard : dès que sa grossesse sera bien avancée, il la dévorera. Psyché répond à ses sœurs :

> Effectivement je n'ai jamais vu mon époux ; je ne sais d'où il vient ; sa voix ne se fait entendre que la nuit ; il ne me parle qu'à l'oreille ; il fuit soigneusement toute lumière. C'est quelque monstre, dites-vous ? je n'hésite pas à le croire ; car il n'est peur qu'il ne me fasse de sa figure et des terribles conséquences de ma curiosité, au cas où je chercherais à le voir.

Psyché lutte contre sa curiosité – ce que Judith ne semble jamais s'imposer – et y réussit un certain temps. Pour preuve, ces mots d'amour qu'elle adresse à son époux invisible :

> Désormais je ne vous parle plus de votre visage : les ténèbres n'ont plus rien qui m'importune, vous êtes ma lumière à moi.

Judith n'est pas Psyché. Les ténèbres de Barbe-Bleue ne sont pas sa lumière. La rumeur qui entoure son mari l'inquiète. On raconte qu'il a tué ses précédentes épouses alors qu'elles étaient devenues enceintes. Elle ne veut pas risquer un tel sort et pour y échapper conduit son implacable enquête. Psyché, influencée par sa funeste famille, cherche finalement à surprendre l'image de son mari endormi à ses côtés à la lumière d'une lampe ; hélas, une goutte d'huile brûlante tombe sur son épaule. Réveillé par la douleur, il s'écrie :

> Ah, naïve Psyché ! Oublieux des ordres de ma mère Vénus, [...] c'est moi qui t'ai aimée et qui ai volé vers toi. J'ai agi en étourdi, je le sais, et le fameux lanceur de flèches s'est percé lui-même d'un de ses

> traits : j'ai fait de toi mon épouse, et c'était pour te faire l'effet d'un monstre ?

Et il ajoute avec désespoir :

> Je t'avais bien dit qu'il fallait prendre garde, j'ai eu la bonté de t'avertir.

Les divinités de l'Olympe permettent à Psyché de se racheter. De pénibles épreuves l'attendent, mais elle les surmontera, et en récompense Jupiter scellera les amours de Psyché et de Cupidon. De leur union naquit la plus ravissante fillette, à qui l'on donna le beau nom de Volupté.

Dans l'intrigue contemporaine, il n'y a plus de métamorphose possible, de transformation, d'apprentissage. Chacun accomplit son destin dans une solitude absurde, sans rémission. Judith ne doit, ni ne peut, trier les graines mêlées de froment, de millet, de pavot, de lentilles ou de fèves. Aucune fourmi ne vient l'aider dans sa tâche. Elle ne démêle pas davantage ses sentiments. Elle n'est pas contrainte de traverser un fleuve dangereux pour ramener de l'autre rive un flocon de laine d'or, elle ne descend pas jusque dans les profondeurs inquiétantes des Enfers pour y recueillir un coffret à remettre à Vénus. Dans le mythe moderne, Judith n'affronte aucun danger pour reconquérir son amour perdu, elle ne court pas mille morts affreuses, elle ne touche pas au désespoir. C'est elle, au contraire, qui impose sans raison des épreuves à celui qui lui fait don de son amour. Barbe-Bleue et Judith ne se confrontent pas aux dangers du monde, ils sont aux prises avec leurs démons personnels. Personne n'intervient. Il n'y a entre eux aucune médiation, ni surnaturelle ni humaine. Ils sont livrés l'un à l'autre dans la nudité de leurs désirs contradictoires.

Sur une musique déchirante et angoissée, Barbe-Bleue tend les trois clefs à Judith qui hésite. Sa main ne trouve pas immédiatement la serrure. La troisième porte s'ouvre enfin et une lumière *dorée* s'en échappe. La mélodie se fait plus sereine, plus lumineuse. De clairs arpèges de célesta ruissellent. Judith découvre le trésor du maître de maison : pièces d'or, diamants précieux, colliers de perles scintillants, couronnes et riches bijoux. Elle se sent pleine d'admiration et Barbe-Bleue de générosité. Il la presse à présent d'ouvrir la quatrième porte, alors qu'elle vient de s'apercevoir avec effroi qu'il y a du sang sur les joyaux.

Judith s'exécute et par la quatrième porte se répand une lumière froide aux reflets *bleu-vert.* Un *glissando* de harpe l'accueille. Judith s'écrie :

JUDITH

Oh ! Des fleurs ! Un jardin parfumé ! Caché sous les durs rochers.

BARBE-BLEUE

Le jardin secret du château !

Barbe-Bleue n'est pas un monstre, c'est un être humain, trop humain. Avec la plus extrême tendresse, il offre à Judith les fleurs blanches comme neige, les lys et les œillets rouges de son amour secret, mais elle ne les reçoit pas. Judith refuse le don. Son obsession naïve de la vérité la conduit à poursuivre jusqu'à l'absurde son enquête. Faut-il connaître pour aimer ? faut-il *tout* connaître de l'autre, le pousser dans ses derniers retranchements jusqu'à violer son jardin secret ? Judith le croit, hélas. Elle n'entend pas les supplications amoureuses de son homme, elle se refuse à devenir sienne.

Judith, aime-moi, jamais de questions –
Vois comme mon château s'illumine.

Va, ouvre la cinquième porte.

La porte s'ouvre à toute volée sous la violente pression de l'héroïne. Une lumière aveuglante déferle sur elle. Elle se cache les yeux dans les mains et pousse un cri déchirant. La musique explose en un fracas *fortississimo*. Le climax de l'œuvre est atteint : l'amour est mis à mort. Barbe-Bleue, avec une patience infinie, une douloureuse douceur, tente en vain de surmonter l'abîme qui les tient éloignés l'un de l'autre. Il l'invite à contempler l'empire qui s'étend devant eux : « Belle rêveuse au regard perdu, c'est un beau grand pays, n'est-ce pas ? », mais le fossé se creuse davantage encore. La beauté paisible, sans tache de sang, qu'elle découvre enfin n'apaise pas la jeune mariée mais aiguise, au contraire, sa folie de savoir. Barbe-Bleue prononce des mots d'amour d'une mystérieuse poésie avec les accents les plus mélodieux :

Prairies de soie, forêts de velours,
les flots de longs fleuves d'argent,
et au loin, des montagnes bleues.
Maintenant, Judith, tout est à toi.

L'écart est désormais consommé. Tout les éloigne l'un de l'autre. Leurs voix l'expriment de la façon la plus déchirante, la plus irrévocable. Barbe-Bleue chante dans le registre le plus élevé de sa tessiture, alors que Judith lui répond dans le registre le plus grave. Barbe-Bleue aime sa partenaire, mais celle-ci répond par l'indifférence. Il la supplie de mettre sa main sur son cœur, tandis que Judith répète sans relâche : « Mais il reste deux portes closes. »

BARBE-BLEUE

Que ces deux portes restent closes,
que mon château s'emplisse de chant.
Viens ici, viens, embrassons-nous.

Barbe-Bleue demande en vain, par trois fois, un baiser. Il cherche jusqu'au bord de l'abîme à la retenir de commettre l'irréparable, mais elle ne veut rien entendre : sa passion du dévoilement l'emporte sur son amour pour l'homme qu'elle a épousé. Elle lui dit : « J'offre ma vie, j'offre ma mort », pourtant elle ne prononce pas ces mots pour sceller un pacte d'harmonie entre eux, mais pour revendiquer les deux dernières clefs, celles qu'il lui soustrait encore. Avidement elle tend la main.

Elle ne renoncera pas à percer les secrets du masculin. Ne sait-elle donc pas qu'elle les entraîne tous deux vers leur perte ? Avec un profond sanglot Barbe-Bleue lui donne la clef qu'elle convoite. Il supplie sans espoir : « Judith, Judith, ne l'ouvre pas ! » Elle passe outre.

La sixième porte s'ouvre. Une ombre traverse la scène qui s'obscurcit. Judith entrevoit un lac de larmes. Limpides et blanches, des larmes, partout des larmes. Lentement Barbe-Bleue ouvre les bras et l'invite à s'y blottir. « Je t'attends, Judith, je t'attends. » Que peut-il dire de plus ? Mais elle n'ébauche pas le moindre geste. Leur solitude est entière. La douleur et les larmes de la mémoire les séparent. L'amour n'est plus qu'un pur combat, un jeu de pouvoir. Judith se veut triomphante. Un *glissando* de cordes graves apporte près de trente fois un brutal saisissement. « M'aimes-tu vraiment, Barbe-Bleue ? » Ce n'est pas une question mais une ultime perfidie. Barbe-Bleue l'embrasse en lui déclarant qu'elle est l'éclat de son château, mais Judith, la tête posée sur son épaule, dévorée de jalousie, lâche la question qui la torture depuis son arrivée :

Dis-moi, Barbe-Bleue, dis,
qui as-tu aimé avant moi ?

Elle insiste :

Dis-moi comment l'as-tu aimée ?
Était-elle plus belle, autre que moi ?
Dis-le, dis-le moi, Barbe-Bleue.

« Judith, aime-moi, jamais de questions », chante encore Barbe-Bleue. Sa partenaire se libère de son étreinte et ordonne au maître du château de se rendre sans plus résister. Elle le domine entièrement, elle l'a terrassé. La musique de Bartók se fait sauvage, rugissante, un immense crescendo enfle et ravage tout espoir : le sang envahit toute la scène. Judith hurle :

Ouvre la septième porte !
Je sais, je sais, Barbe-Blcue,
ce que cache la septième porte.
Du sang sèche sur les armes,
ta plus belle couronne est en sang,
la terre de tes fleurs est en sang,
l'ombre du nuage est sanglante !
Je sais, oui, je sais, Barbe-Bleue,

d'où viennent les larmes du lac.
Tes anciennes épouses sont là,
assassinées, gisant dans leur sang,
oh, la rumeur est vraie.

À présent, il faut que je sache,
ouvre enfin la septième porte !

Barbe-Bleue lui remet la septième clef en lui annonçant ce qu'elle va trouver. Alors que la dernière porte s'ouvre, la cinquième et la sixième se referment. La scène devient beaucoup plus sombre. Les rais rouge sang, rouge cuivré, doré et bleuté demeurent côte à côte. Un long faisceau de lumière lunaire éclaire les visages de Judith et Barbe-Bleue.

BARBE-BLEUE

Vois mes anciennes épouses,
vois celles que j'ai aimées.

Pétrifiée, humiliée, Judith regarde défiler les trois épouses précédentes. Sont-elles vivantes, sont-elles mortes, ou sorties d'un rêve, d'une cérémonie du souvenir ? Son époux les célèbre une à une comme les trois moments allégoriques de sa vie : l'aurore, le midi et le soir.

Judith comprend trop tard qu'elle est la nuit de Barbe-Bleue. Dans sa candide et cruelle soif de connaissance, Judith a refusé l'unique secret de l'amour : l'amour ne se laisse ni posséder ni dénuder, seule une part de secret, d'ombre et d'inconnu en est le fragile garant. Les portes se referment sur leur amour impossible. Judith a installé le soupçon et l'angoisse dans son couple, par l'avidité désordonnée de ses interrogations, son impudeur, ses accusations calomnieuses, le fol désir de se saisir des secrets et des douleurs, de la mémoire d'autrui, de s'emparer de l'inconscient de Barbe-Bleue, elle a tourmenté puis terrassé l'amour naissant.

L'époux clame jusqu'aux dernières mesures de l'opéra son amour inaudible. Il pose sur la tête de Judith une couronne et sur ses épaules un manteau sombre et étoilé. Elle n'en veut pas, mais il est trop tard, elle doit suivre le rai de lumière couleur de lune et franchir derrière les autres épouses la septième porte qui se referme à son tour :

BARBE-BLEUE

Tu étais ma plus belle épouse,
ma plus belle épouse !

Et désormais, ce sera toujours la nuit…
La nuit… la nuit…

Barbe-Bleue lui-même disparaît dans l'obscurité de la nuit.

Così, à l'épreuve des sentiments

Ô fou désir
que de chercher à découvrir
ce mal qui, une fois trouvé,
nous rend malheureux.
(Don Alfonso, trio, acte I, scène 1)

À l'école de l'amour, le désir de transparence est une impardonnable naïveté, la passion de la vérité une passion insensée. La quadruple inconstance des amants de *Così fan tutte* en est la démonstration géométrique. Pour trouver la sérénité de l'amour parmi les tourbillons du monde, il faut abandonner les illusions, cesser de tromper autrui et surtout de se tromper soi-même. *Così* est un jeu qui engage chacun, chacune, dans une course à la découverte de soi : qui suis-je ? Quelle est la réalité de mon identité ? Quel est mon vrai désir ? Est-ce que j'éprouve vraiment ce que je dis éprouver ? Suis-je plus vrai sous le déguisement ? L'artifice me révèle-t-il davantage que l'ordre moral ne m'y autorise ? Et si la seule force irrépressible qui emporte tout mon être était celle d'Éros ?

Dès le début de l'opéra, Fiordiligi, la plus « grande dame » des deux sœurs, exprime des désirs sensuels dévoilés. Est-ce vraiment d'un mariage prochain dont elle rêve ou plutôt de quelque ivresse de l'abandon ? Sa féminité a déjà le velouté d'un fruit, l'impétuosité d'une flamme, elle s'avoue folle, *pazzarella*... « Ô, regarde, ma sœur, regarde la bouche de mon promis, n'est-elle pas celle d'un amant et d'un guerrier ? » La fière et sensible Fleur de Lys sait déjà par cette brève introspection qu'elle est traversée d'élans langoureux dont elle ne pourra longtemps se cacher la nature :

> Il me semble que ce matin
> je ferais facilement la folle, j'ai certain feu,
> certain picotement dans les veines !

Sans doute Fiordiligi préférerait-elle communiquer le feu qui s'empare d'elle au jeune homme qui lui est destiné – Guglielmo – mais alors que, dans la suite de l'intrigue, c'est elle qui voudra se montrer l'âme la plus résolue et la plus imperturbable, la moins prompte à céder au marivaudage, c'est pourtant bien elle qui, la première, reconnaît en elle l'éclosion d'une fièvre inconnue. Dorabella, sa sœur, plus évaporée et primesautière, n'en fait l'aveu qu'en second lieu : « À te dire vrai, je sens moi aussi quelque chose de nouveau dans mon âme. »

Così affirme sans détour l'universalité de l'Éros. Ce que chantait Cherubino, ce que proclamait Don Giovanni, éclate ici avec une force, une clarté jubilatoires : les femmes autant que les hommes connaissent l'irrépressible, l'aveugle désir sexuel. Seules l'éducation, la coutume ou la religion les brident ; peut-être aussi les hommes qui craignent de ne pouvoir dominer la sexualité de leurs compagnes… Fiordiligi et Dorabella découvrent qu'elles sont autres que ce qu'elles disent être, ou même croient qu'elles sont. Que chante la musique de Mozart ? Que l'être humain n'est pas cohérent, qu'un chaos sous-jacent l'habite : pour dire cette multiplicité, il mêle, comme jamais, le charnel et le limpide, l'enivrant et la divine gaieté, la *commedia dell'arte* et le plus profond recueillement :

Je voudrais parler, et n'ai pas le courage ;
mes lèvres balbutient,
ma voix ne peut sortir,
mais elle me reste là à mi-chemin.
Que deviendrez-vous ? Que deviendrai-je ?
Oh, quelle aveugle fatalité !
Il ne se peut rien de pire.
J'ai pitié de vous et d'eux !

La matinée s'annonçait langoureuse mais elle se poursuit par une déchirante scène d'adieux. Les lèvres balbutiantes, la gorge serrée, Don Alfonso, jouant cyniquement la comédie, annonce aux deux amoureuses que leurs fiancés sont appelés au champ de bataille. Deux quintettes rassemblent les voix des quatre jeunes gens et du maître de ce jeu cruel en un tel miracle de beauté et d'harmonie qu'il est difficile d'imaginer que ce ne sont que pitreries et simagrées nées d'un méchant pari sur la constance des femmes. La mélodie joue le jeu de l'équivoque : la situation est fausse, les sentiments en partie feints, mais du faux naît le vrai, de l'artifice surgit une émotion vibrante. Lorsque la barque s'éloigne, emportant les deux jeunes officiers pour un faux départ, Mozart déploie davantage encore de grâce sonore. Nous sommes sous le charme de sa musique, nous plongeons en nous-mêmes, sincèrement émus, comme si nous perdions un bien-aimé…

> Que suave soit le vent,
> que tranquille soit l'onde
> et que chaque élément
> réponde favorablement
> à nos désirs…

Dans *Così fan tutte*, Mozart démonte avec une précision musicale infaillible la mécanique des passions. Il nimbe une histoire à la saveur douce-amère des sonorités les plus sensuelles. Il confronte chaque protagoniste à ses propres illusions. Il ne condamne pas ses personnages, ni leur sottise, ni leur fatuité, ni leurs naïfs emportements, ni leurs déclarations pompeuses, ni, bien sûr, leur inconstance. Il les accompagne dans leurs errements, avec une douceur parfois grinçante, une pointe de cruauté, mais les effleure toujours d'une musique aérienne, presque irréelle, incroyablement tendre. Sur scène quatre personnages se débattent avec eux-mêmes, leurs émois nous troublent au-delà d'une intrigue en apparence frivole. Les sentiments qu'ils disent éprouver sont-ils sincères ou sont-ils feints ? Là n'est pas la question. Artifice et vérité ne sont pas opposés. La nature de l'homme n'est pas moins dans le déguisement que dans le dévoilement. Mozart ne croit pas à la transparence, à l'immédiateté du sentiment. Et nous lui emboîtons le pas.

Le trouble pari sur la fidélité, le faux départ, l'équivoque à la faveur du déguisement, le marivaudage sensuel et drôle, la cruauté légère, les jeux de tromperie et de sincérité soudaine, les tactiques de résistance puis d'abandon consenti, le corps présent avec insistance (et parfois crûment), toute la gamme des sentiments humains que les jeunes écoliers de l'amour doivent parcourir et dépasser, Mozart les entoure d'une musique merveilleusement haletante, suave et diabolique. C'est un opéra de chambre et la passion ludique qui anime le compositeur – avec le librettiste – est celle d'un grand sage.

Così fan tutte fut créé le 20 janvier 1790 à Vienne au *Burgtheater* avec, parmi d'autres, Adriana Ferrarese, la maîtresse de Lorenzo Da Ponte, dans le rôle de Fiordiligi, ainsi que le couple Dorothea et Francesco Bussani dans les rôles de Despina et Don Alfonso. Ce qui était une comédie plaisamment comprise au moment de sa création sera vigoureusement condamné par les esprits chagrins au siècle suivant. La mise à l'épreuve de la fidélité féminine est un sujet fondamental de l'*opera buffa* du XVIIIe siècle, de même que la présence des deux sœurs, dont l'une est sage et l'autre volage, ou le recours au déguisement comme ressort essentiel de l'action. La fonction d'une servante, qui énonce des propos trop crus et prosaïques pour de jeunes aristocrates, est tout autant codifiée par le registre bouffe. Mais ces conventions musicales et théâtrales ne sont plus comprises au siècle suivant. Les critiques du XIXe siècle n'ont pas de mots assez péremptoires pour condamner l'impudeur, la frivolité, le scandale de cette « comédie érotique » qui conte sans fard le désir des jeunes gens de plaire à l'autre sexe. L'insupportable désir de vérifier la puissance de leur charme, de mettre à l'épreuve leur *pouvoir de séduction*, ce que l'italien nomme *attrattiva.* La fidélité doit désormais l'emporter sur les égarements du cœur ; s'il y a du désordre dans les sentiments amoureux, il ne faut pas qu'il se prolonge. L'opéra du XIXe siècle a trop peur des excès sensuels de l'amour baroque, de sa recherche du plaisir. Il ne peut que faire l'éloge de la fidélité et des rêveries romantiques où se mêlent égarements de la folie, maladie et mort. L'amour, comme le chante Violetta dans *La Traviata*, doit impérativement demeurer « croix et délices », c'est-à-dire entaché de la faute chrétienne originelle et toute séduction ne peut qu'être synonyme de malheur, tout consentement féminin symbole de péché.

Vive l'allégresse du XVIIIe siècle !

Dorabella et Fiordiligi agitent leurs mouchoirs puis quittent le jardin au bord de la mer pour rejoindre leurs appartements. Elles crient leur désespoir, elles s'agitent, elles soupirent, elles croient mourir, elles réclament du poison, une épée, elles haïssent l'air qu'elles respirent, elles se haïssent elles-mêmes. Elles ne survivront pas à leurs désirs implacables. C'est alors qu'entre en scène Despina, la piquante soubrette, qui leur prépare du chocolat en en prélevant au passage de quoi se lécher également les babines ! Elle trouve bien ridicules ses maîtresses, elle s'en moque : « Mourir d'amour ? Quelle plaisanterie ! Il n'y a pas de femme qui soit morte d'amour. Mourir pour un homme ! Il y en a d'autres qui compenseront le dommage ! Pensez à vous divertir ! »

> De la part d'hommes, de soldats,
> espérer de la fidélité ? [...]
> Fausses larmes,

regards fallacieux,
paroles trompeuses,
caresses menteuses
sont leurs qualités
premières.

La musique de Mozart dénonce la pauvreté d'une raison désincarnée comme la sensibilité naïve. Il invite ses personnages à l'épreuve de l'expérience, à l'éducation des sentiments, à la connaissance de soi, dont les désirs érotiques ne sont pas exclus. Despina sert ces desseins en vantant l'inconstance et la légèreté de l'amour auprès de ses jeunes maîtresses. La culpabilité, le désespoir ne sont pas de mise, les hommes n'aiment que leur plaisir, il faut payer ces barbares de la même monnaie : faire l'amour comme des diablesses, comme d'ailleurs feront à la guerre leurs deux amants :

Se désespérer, s'étrangler
parce qu'un amant part.
Voyez quelle folie !
On en prend deux si un s'en va.

Così fan tutte est une comédie érotique dans laquelle l'entreprise de séduction, avec ses règles, ses codes (faire la cour selon les manières du savoir-vivre, se marier…), rencontre sans cesse les obstacles du désir et de ses incertitudes. L'*opera buffa* ne détourne pas les règles, il les amplifie, jouant des contrastes, des excès, des artifices, sans exclure la farce. Le vocabulaire, souvent outrancier et grivois, n'y va pas par quatre chemins. Despina engage ses jeunes maîtresses à oublier leurs fiancés, en précisant :

> Les autres ont aussi
> tout ce qu'ont ces deux-là.

Lorsque, sous la conduite de Don Alfonso et avec la complicité de Despina, les deux damoiseaux reviennent travestis en beaux et riches Albanais, fort bien faits de leur personne, les belles protestent, crient à la trahison. Mozart exagère leur dignité offensée, parodie leurs accents furieux. Il annonce que leur vertu et leur virulence ne tarderont pas à se transformer en de plus lascifs emportements. « C'est en vain que l'on cherche à séduire nos âmes », jure Fiordiligi, outragée. La musique dessine le portrait d'une héroïne de l'*opera seria* arpentant la scène en lançant des notes aux accents sublimes :

Come scoglio immoto resta...

Comme un roc demeure immobile
contre les vents et la tempête ;
ainsi pour toujours cette âme est forte
dans sa fidélité et son amour.

En un coq-à-l'âne saisissant, Mozart fait suivre les protestations imperturbables et résolues de la pure Fiordiligi par l'air bouffon presque égrillard chanté par Guglielmo, son fiancé, devenu le prétendant de sa sœur :

Regardez, touchez,
examinez le tout :
nous sommes deux aimables fous,
nous sommes forts et bien faits
et comme chacun peut voir,
soit par mérite, soit par hasard,
nous avons de beaux pieds,
de beaux yeux, un beau nez.

Et ces moustaches
peuvent être appelées
triomphe des hommes,
plumets d'amour...

Les deux jeunes filles se retirent, elles en ont entendu plus qu'elles ne peuvent supporter, mais la philosophie que Despina a commencé à leur enseigner fait son chemin avec un succès grandissant :

Qu'est-ce que l'amour ?
Plaisir, agrément, fantaisie,
joie, amusement,
passe-temps, gaieté, ce n'est plus l'amour
s'il devient désagréable,
si au lieu de faire plaisir il nuit et tourmente.

À la fin du premier acte, le tourbillon des sentiments contradictoires est à son comble. D'une manière parfaitement bouffonne, les deux étrangers simulent un empoisonnement à l'arsenic. Sous prétexte de les sauver, Despina, déguisée en médecin, orchestre une séance de magnétisme, réclamant le concours de ses maîtresses afin qu'elles tiennent fermement le front des mourants. Troublant rapprochement des corps. Attraction magnétique et attirance érotique réciproque des quatre jeunes amants : l'amour s'empare irrésistiblement des protagonistes. La musique est d'une grâce hypnotique, mais la tension monte soudain et l'acte s'achève sur un puissant crescendo. Les jolis

Albanais ont osé réclamer un baiser. Demande prématurée. La fidélité déjà chancelante des belles se révolte encore.

Acte II

Au début de l'intrigue, les fiancés s'employaient à remplir le rôle qui leur était dévolu : les jeunes officiers paressaient au café, les jeunes filles rêvaient dans un jardin au bord de l'eau. Ils ne juraient que par la noblesse d'âme de leurs promises, elles détaillaient les portraits de leurs amoureux en termes précieux et déjà ardents. Ferrando et Guglielmo étaient deux jeunes écervelés pour qui l'amour est surtout affaire d'honneur et de vanité, de regard social. Il convenait de les éduquer. Don Alfonso se prend au jeu un tantinet cruel d'initiateur. Du côté féminin, c'est la « piquante » Despina (*espina* signifie épine) qui initie aux coquetteries ses maîtresses en fleur, Fiordiligi (Fleur de lys) et Dorabella (Belle dorée) : « Allons, allons ! Les temps sont passés de vendre des fariboles aux enfants », leur dit-elle du ton de celle qui connaît toutes les ruses, mais n'a plus l'âge d'en jouer. Au deuxième acte, elle devient plus précise encore :

Dovete far da donne…

Vous devez faire les femmes.

Dorabella exige des détails. Comment se comporte donc une femme ? Despina donne sans vergogne le mode d'emploi :

Traiter l'amour en bagatelle :
ne jamais négliger
les belles occasions ; changer à temps,
à temps être fidèle,
être coquette avec grâce,
prévenir la disgrâce si commune
à qui se fie à l'homme,
manger la figue et ne pas jeter la pomme.

Despina poursuit l'apprentissage sentimental et érotique de ses jeunes maîtresses qui commencent à y prendre goût. Ne sont-elles pas de chair et d'os ? sur terre et non au ciel ? La soubrette ne se fait pas prier pour leur offrir une impertinente leçon de savoir-séduire :

Une femme à quinze ans
doit savoir tout ce qui se fait,
où le diable a la queue,
ce qui est bien et ce qui est mal.

Elle doit connaître les petites malices
qui énamourent les amants,
feindre le rire, les pleurs,
inventer les bonnes excuses.

Elle doit en un moment
prêter attention à cent ;
de la prunelle
parler à mille,
donner espoir à tous,
qu'ils soient beaux ou laids,
savoir dissimuler
sans s'embrouiller,
sans rougir
savoir mentir
et, telle une reine
du haut de son trône,
avec un « je peux et je veux »
se faire obéir.

Dans le piège que leur a tendu Don Alfonso, avec la complicité joyeuse de Despina, les deux jeunes filles découvrent soudain une liberté que leur condition sociale de nobles dames leur interdisait : la liberté de choisir leur amour. Le livret n'indique pas s'il y a eu un véritable choix amoureux dans la constitution des premiers couples, mais les seconds ne s'accordent pas seulement avec le souhait juvénile d'un « mariage prochain », il y entre de la curiosité, du désir et de l'abandon. « Lequel veux-tu choisir pour toi des deux Narcisses ? » Dorabella et Fiordiligi expriment leur goût nouveau pour le libertinage amoureux avec une exquise sensualité vocale :

DORABELLA

Prenderò quel brunettino...

Je prendrai ce petit brunet
qui me semble plus plaisant.

FIORDILIGI

Ed intanto io col biondino...

Et moi pendant ce temps avec le blondinet
je veux un peu rire et plaisanter.

DORABELLA

Enjouée, je répondrai
aux douces paroles de celui-ci.

FIORDILIGI

En soupirant, j'imiterai
les soupirs de l'autre.

Dorabella

Il me dira : « Mon amour, je me meurs ! »

Fiordiligi

Il me dira : « Mon beau trésor ! »

Fiordiligi et Dorabella

Et, pendant ce temps, quel plaisir,
quel divertissement j'en éprouverai !

À la faveur du jeu, deux nouveaux couples se forment qui semblent mieux assortis que les premiers. Frivole et emporté, fat, direct et épicurien, Guglielmo était fait pour s'entendre avec la légère Dorabella. Il n'a que peu de difficulté à vaincre ses réticences, qui ont la violence et la brièveté d'un orage d'été. Elle résiste, vacille et succombe. Mozart entoure leur idylle d'une mélodie délicate et retenue. En vérité, Guglielmo n'est préoccupé que d'une seule chose : Fiordiligi, sa promise, résistera-t-elle mieux à Ferrando ? En séduisant si facilement la fiancée de son ami, il vient de lui faire perdre son pari, mais est-il plus sûr de le gagner lui-même ? Facilement fanfaron, il est prêt à croire toutes les femmes infidèles sauf la sienne.

Ferrando ne joue pas, lui, la comédie de la séduction, il tombe réellement amoureux de Fiordiligi. Tendre, passionné, candide, il était uni à Fiordiligi depuis le début par un signe plus fort que le lien conjugal : la bénédiction merveilleuse de la clarinette. Fiordiligi repousse plus calmement, mais plus foncièrement, les avances de Ferrando, elle évoque aussi longtemps que possible l'image de son fiancé à qui elle veut rester fidèle. Elle traverse du plus grave au plus aigu les sentiments les plus violents : agitation, oppression, remords, repentir, légèreté, perfidie et trahison, mais aussi courage, fidélité et honte. Elle lutte puis se rend ; elle s'abandonne à l'amour nouveau comme à la félicité suprême. Les mots de Fiordiligi sont ceux de Zerlina à Don Giovanni : *Ah, non son, non son più forte*... Puis elle consent et s'offre à l'élan amoureux de Ferrando sur une cantilène du hautbois ourlée de douceur :

Fais de moi ce que tu veux.

Ferrando unit sa voix à la sienne sur une musique aux accents recueillis, fervents, presque sacrés. Mais l'apprentissage se poursuit. Guglielmo, qui vient d'assister à la trahison de sa promise – et de son ami – sous ses yeux, explose, enrage, demande vengeance, mais Don Alfonso, maître du rite, proclame :

> *Tutti accusan le donne, ed io le scuso…*
>
> Tous accusent les femmes et moi je les excuse.

Le finale se précipite. Don Alfonso invite les faux Albanais et leurs amies à se marier. Despina, en habit de notaire, mène la cérémonie lorsque soudain réapparaissent les vrais fiancés : cris, stupéfaction et réconciliation. Pardon général. Tout revient dans l'ordre prévu au matin de cette « folle journée ». Chaque couple, l'un avec plus de gravité que l'autre, a suivi le parcours initiatique qui mène d'épreuve en épreuve, de l'enfance à la maturité, de l'errance amoureuse au mariage. Mais surtout, chacun s'est trouvé confronté à ses propres illusions : les jeunes gens, qui pensaient être au-dessus du lot commun et qui découvrent d'abord pour leur plus grande rage qu'ils sont eux-mêmes les victimes du piège qu'ils tendaient à leurs bien-aimées ; les jeunes filles, qui se croyaient sages et se reconnaissent désormais agitées des mêmes désordres amoureux que les moins vertueuses.

Lorsque la comédie arrive à sa fin, personne ne peut plus se croire à l'abri des passions ni des mensonges. Chacun des protagonistes s'est soumis à l'apprentissage des sentiments par l'épreuve des sentiments. Désormais ils se connaissent et savent qu'ils portent en eux des vertiges obscurs et indomptables. De cette connaissance pourra naître la sérénité amoureuse. « Embrassez-vous et taisez-vous », conseille Don Alfonso aux quatre amants. « Je te crois, mon amour, mais ne te demande aucune preuve », promettent Ferrando et Guglielmo à leurs belles retrouvées. Ainsi s'achève l'école des amants : sur une célébration des vertus du silence et de l'oubli, sur une sagesse de l'amour atteinte par les chemins du paradoxe :

Heureux celui qui prend
toute chose du bon côté
et dans les revers de fortune et les
mésaventures
se laisse guider par la raison.

Ce qui fait généralement pleurer autrui
est pour lui une occasion de rire
et au milieu des tourmentes du monde
il trouvera la sérénité.

Jusqu'à la dernière note, Mozart s'amuse et nous subjugue. Il jongle avec l'ambiguïté des sentiments amoureux en maître absolu. Avec malice, il brouille la carte du Tendre. Il multiplie les allusions contradictoires et les chausse-trapes. Sa virtuosité autorise les décalages, tout un jeu de chassés-croisés et de trompe-l'œil. Il est espiègle avec générosité et grave avec une délicieuse légèreté. Chaque élan, Mozart l'enrichit de son grain de sel : tantôt facétieux, tantôt transcendant. À la comédie, il offre des airs sublimes et ponctue les serments désespérés de voluptueuses courbes vocales. Il habille les plus burlesques mensonges d'accents pathétiques, il colore les sarcasmes de tendre ironie. Il nimbe l'équivoque de poésie. L'Amour y trouve son vrai visage : capricieux, ardent, cruel, joyeux, joueur, tendre, vif, insaisissable – de feu et de glace.

La voix de l'analyste

La voix de l'analyste flotte dans le dos. C'est une voix de lumière venue par-derrière comme l'image au cinéma : elle éclaire le temps passé. Cette voix invisible qu'on ne peut lire naissante sur les lèvres, on la guette, on la souhaite, on la redoute ; on lui prête le pouvoir d'éponger les douleurs, d'inverser le cours du temps, de nous rendre à nous-mêmes. Fera-t-elle vibrer des sonorités trop longtemps enfouies ? Prononcera-t-elle des syllabes inaudibles ? Suscitera-t-elle de nouvelles évocations ? Cette voix cachée demeure parfois si longtemps silencieuse qu'on en vient à se demander si elle ne s'est pas dissipée, si elle ne nous a pas abandonnés. Appartient-elle seulement à un corps ou rebondit-elle désincarnée dans la pièce muette ? On s'accroche au moindre bruit de vie : un souffle léger qui s'échappe des narines, le frottement discret des jambes qui se croisent, le crissement du fauteuil, un soupir peut-être ou un bâillement retenu, quelques gargouillis, un éternuement, le grattement furtif d'une pointe de stylo sur du papier, le rythme soudain différent de la respiration, le frémissement des lèvres qui s'entrouvrent enfin pour dire quelque chose…

Parler, parler encore dans l'attente de cette voix ; mots pour ne rien dire, sinon l'essentiel : le désir d'être entendu, le désir d'être aimé.

Lorsque enfin la voix vibre dans le silence mat, on voudrait la retenir, en suspendre le cours, s'y arrimer. Surtout ne pas la perdre. Mais la voix est toujours liée à la perte : la voix est par essence quelque chose qui se perd. Elle s'évanouit dans le lointain, disparaît dans le brouhaha ou se brise sous le coup de l'émotion. Comment s'en rendre maître ? Comment garder la trace de ce bain de paroles, de cet instant volé à nos origines sonores ? Soudain, on oublie le sens des mots, on se berce de leur seule musicalité. On voudrait prolonger l'écho de ces inflexions infiniment précieuses, en jouir encore un peu avant qu'elles ne s'éteignent à nouveau. Si l'on pouvait se blottir dans le berceau de cette voix, la dérober à son évanescence, la rendre prisonnière pour en disposer indéfiniment et à volonté ! Quête impossible et toujours répétée. La voix nourrit, mais annonce déjà la douleur du silence à venir. La voix, c'est la présence même, mais toujours au bord de l'absence.

Je mesure la portée sonore des paroles que je prononce pour ceux qui viennent me raconter leur histoire. Le choix des mots n'est qu'une part du chemin à parcourir : l'analyse est aussi un voyage à travers l'émotion des sons. La voix, dans le noir de l'enfance, dans le noir de l'errance, offre un réconfort lumineux, un bord à l'angoisse. La voix marque la lisière, elle cicatrise, elle protège. La voix possède une puissance charnelle, un charme. *Carmen*, en latin, signifie une « formule rythmée, magique ». *Carmen* se transforme en *chant* avant de donner le *charme*. Les magiciens sont d'abord chantres, les magiciennes chanteuses ensorcelantes. La psychanalyse n'est pas sans lien avec la magie, même si on parle pudiquement d'amour de transfert.

L'accentuation d'une syllabe, un murmure venu de la gorge, un ton interrogatif, une pause, un trait d'humour, un changement de timbre, une phrase inachevée, la répétition d'un mot en écho... tout résonne et prend sens. C'est l'attention, l'énergie, la conviction avec lesquelles les paroles sont prononcées qui portent aux oreilles leur force et leur vérité.

Magie des mots, magie des sons. Comment trouver le ton juste, l'accord des mots et des sons ? L'harmonie du sens et de l'émotion ? Comment trouver les reflets de l'archaïque miroir sonore ? Comment choisir des phrases qui ne soient pas uniquement des phrases, mais la peau même du sens qui manque ?

Au commencement était l'ouïe. L'origine du monde est d'essence sonore. À l'aube des sens nous flottions dans une poche de sons. Les perceptions acoustiques captées par nos oreilles naissantes nous ont éveillés au monde : battements familiers du cœur maternel, inflexions de sa voix venue du dehors et du dedans, accélération et décélération des liquides de son corps, tessiture plus grave de la voix paternelle, bruissements, tintements et musiques de l'espace aérien. Une matrice sonore nous enveloppe depuis notre conception. Les sensations auditives ont formé notre premier berceau sensoriel.

L'expérience d'un bain de paroles accompagnant dès la naissance les premiers liens avec la mère et les proches crée l'évidence précoce d'un soi comme enveloppe vocale et auditive.

Plus ancien que le stade du miroir visuel, il existe un *miroir sonore* à l'origine du sentiment d'identité. La voix enveloppe la première rencontre humaine. Le nourrisson babille, la mère chante. Aux modulations du bébé répond la mélodie maternelle. Le petit *infans* – celui qui ne parle pas encore – gazouille, gémit, tousse, rit, pleure, balbutie, joue avec les émissions de sa voix : corps sans paroles qui s'émerveille de la volupté des sons, qui en explore les combinaisons, les mélodies, les rythmes, les hauteurs, les amplitudes, les timbres, l'éventail des voyelles et des consonnes, leur « goût » sur la langue, dans la gorge, sur la pulpe des lèvres. Lallation, babillage, langue de lait.

À ces jeux sonores la mère répond en offrant petit à petit du sens à travers sa parole chantante. L'*infans* balbutiant entre dans la langue maternelle. Insensiblement les affects bruts se métamorphosent en émotions nommées et articulées. La mère fait passer le gué. Elle transforme petit à petit le premier monde sonore aux frontières floues en un univers de langage humanisé. Elle berce son petit de la chaleur de sa peau, de la tiédeur odorante de son lait, de son regard-miroir, elle le nourrit des inflexions particulières de sa voix. Premiers accords et inévitables désaccords. Harmonie et contretemps. Bonheurs de l'unisson et fatales fausses notes.

Comment retrouver *par la voix* l'intensité de ces premiers moments de la vie, de ce passé sonore qui nous habite pour toujours ? En deçà ou au-delà de la signification des mots demeure la voix comme porteuse du tourbillon émotionnel. Elle accompagne le sens des mots énoncés et le nuance aussi, l'infléchit ou même le contredit : menaces proférées d'une manière douce, mielleuse, ou déclaration tendre énoncée avec brusquerie, d'une voix détachée. À la liste des humeurs produites par le corps – sang, lait, larme… – pourrait s'ajouter la voix comme *humeur sonore* : elle appartient aux échanges symboliques qui circulent entre les êtres humains. L'histoire inconsciente de chacun en porte la marque, les sédiments singuliers.

Expérience d'harmonie, le dialogue précoce des voix peut inversement devenir synonyme d'intrusion, d'effraction, d'exigences impossibles à combler, de désaveu. Certains enfants gardent le souvenir d'une voix maternelle peu mélodieuse, mal rythmée, métallique, aigre, criarde, monocorde, plaintive, rauque ou cassante. Elle résonne encore à leurs oreilles comme la voix de la brusquerie, de la discordance, de l'excès ou de l'arbitraire. Froide, lointaine, absente, la voix maternelle n'était pas un chant d'amour.

En écoutant mes patients, je ne cherche pas seulement à parcourir avec eux le dédale de leur passé, je prête aussi l'oreille à la manière dont ils me parlent, avec quel souffle, quels accents, quelles harmonies. Chacun, chacune a sa propre musique. Parfois une dissonance surgit, une scansion inattendue, un timbre plus sombre ou plus vif, une rupture de rythme. Soudain leur voix tremble d'une colère nouvelle, gronde ou se fêle. Elle hésite, tâtonne, cherche non pas seulement le mot qui épouse la pensée, mais l'intonation qui pourra la traduire, son écho sonore.

Aucun bruit ne peut se substituer à la voix humaine. Elle seule transforme l'espace intérieur, elle seule possède un pouvoir de métamorphose. La voix, au bord de la perte, incarne aussi la présence, une présence unique, singulière, qu'aucun geste, aucune étreinte, aucun baiser ne pourrait remplacer. Au milieu d'une foule de bruits, parmi mille éléments sonores émerge toujours la voix humaine. Elle domine tous les autres univers sonores. Tout s'ordonne autour d'elle. Une oreille, une voix.

L'être humain se consolera-t-il jamais d'être entré dans la parole ? Ne demeure-t-il pas pour toujours l'orphelin d'un premier monde enfoui ? Ne rêve-t-il pas d'un enclos où l'arbitraire du signe n'existerait pas, mais où régnerait le fantasme d'une bienheureuse fusion ? Ne sommes-nous pas à la recherche d'une voix perdue, dont la possession nous dédommagerait de toute perte ? Quelque chose manque infiniment.

Table

L'auteur

Lydia Flem est psychanalyste et écrivain.

Elle a publié notamment :

Le Racisme, MA éditions, 1985.
La Vie quotidienne de Freud et de ses patients, Hachette, 1986 ; coll. « Pluriel », 2002.
L'Homme Freud, Éditions du Seuil, coll. « Librairie du XXIe siècle », 1991 ; coll. « Points » P49, 1995.
Casanova ou l'Exercice du bonheur, Éditions du Seuil, coll. « Librairie du XXIe siècle », 1995.

Traduction (de l'américain)

Israel Rosenfield, *« La Mégalomanie » de Freud*, Éditions du Seuil, coll. « Librairie du XXIe siècle », 2000.

Ouvrages collectifs

Construire l'histoire, Monographies de la *Revue française de psychanalyse*, sous la dir. de D. Le Beuf, R. Perron et G. Pragier, PUF, 1998.

En substances, Textes pour Françoise Héritier, sous la dir. de J.-L. Jamard, E. Terray et M. Xanthakou, Fayard, 2000.

Séduction et sociétés. Approches historiques, sous la dir. de C. Dauphin et A. Farge, Éditions du Seuil, 2001.

La librairie du XXIe siècle

Sylviane Agacinski, *Le Passeur de temps. Modernité et nostalgie.*

Giorgio Agamben, *La Communauté qui vient. Théorie de la singularité quelconque.*

Henri Atlan, *Tout, non, peut-être. Éducation et vérité.*

Henri Atlan, *Les Étincelles de hasard I. Connaissance spermatique.*

Marc Augé, *Domaines et Châteaux.*

Marc Augé, *Non-lieux. Introduction à une anthropologie de la surmodernité.*

Marc Augé, *La Guerre des rêves. Exercices d'ethno-fiction.*

Jean-Christophe Bailly, *Le Propre du langage. Voyages au pays des noms communs.*

Marcel Bénabou, *Jacob, Ménahem et Mimoun. Une épopée familiale.*

R. Howard Bloch, *Le Plagiaire de Dieu. La fabuleuse industrie de l'abbé Migne.*

Yves Bonnefoy, *Lieux et Destins de l'image. Un cours de poétique au Collège de France (1981-1993).*

Philippe Borgeaud, *La Mère des Dieux. De Cybèle à la Vierge Marie.*

Italo Calvino, *Pourquoi lire les classiques.*
Italo Calvino, *La Machine littérature.*
Paul Celan, *Le Méridien & autres proses.*
Paul Celan et Gisèle Celan-Lestrange, *Correspondance.*
Michel Chodkiewicz, *Un océan sans rivage. Ibn Arabî, le Livre et la Loi.*
Antoine Compagnon, *Chat en poche. Montaigne et l'allégorie.*
Hubert Damisch, *Un souvenir d'enfance par Piero della Francesca.*
Michel Deguy, *À ce qui n'en finit pas.*
Daniele Del Giudice, *Quand l'ombre se détache du sol.*
Daniele Del Giudice, *L'Oreille absolue.*
Mireille Delmas-Marty, *Pour un droit commun.*
Marcel Detienne, *Comparer l'incomparable.*
Milad Doueihi, *Histoire perverse du cœur humain.*
Jean-Pierre Dozon, *La Cause des prophètes. Politique et religion en Afrique contemporaine*, suivi de *La Leçon des prophètes* par Marc Augé.
Norbert Elias, *Mozart. Sociologie d'un génie.*
Rachel Ertel, *Dans la langue de personne. Poésie yiddish de l'anéantissement.*
Arlette Farge, *Le Goût de l'archive.*
Arlette Farge, *Dire et mal dire. L'opinion publique au XVIIIe siècle.*
Arlette Farge, *Le Cours ordinaire des choses dans la cité au XVIIIe siècle.*
Arlette Farge, *Des lieux pour l'histoire.*
Arlette Farge, *La Nuit blanche.*
Lydia Flem, *L'Homme Freud.*
Lydia Flem, *Casanova ou l'Exercice du bonheur.*
Nadine Fresco, *Fabrication d'un antisémite.*
Marcel Gauchet, *L'Inconscient cérébral.*

Jack Goody, *La Culture des fleurs.*
Jack Goody, *L'Orient en Occident.*
Anthony Grafton, *Les Origines tragiques de l'érudition. Une histoire de la note en bas de page.*
Jacques Le Brun, *Le Pur Amour de Platon à Lacan.*
Jean Levi, *Les Fonctionnaires divins. Politique, despotisme et mystique en Chine ancienne.*
Jean Levi, *La Chine romanesque. Fictions d'Orient et d'Occident.*
Nicole Loraux, *Les Mères en deuil.*
Nicole Loraux, *Né de la Terre. Mythe et politique à Athènes.*
Patrice Loraux, *Le Tempo de la pensée.*
Charles Malamoud, *Le Jumeau solaire.*
Marie Moscovici, *L'Ombre de l'objet. Sur l'inactualité de la psychanalyse.*
Michel Pastoureau, *L'Étoffe du diable. Une histoire des rayures et des tissus rayés.*
Georges Perec, *L'Infra-ordinaire.*
Georges Perec, *Vœux.*
Georges Perec, *Je suis né.*
Georges Perec, *Cantatrix sopranica L. et autres écrits scientifiques.*
Georges Perec, *L. G. Une aventure des années soixante.*
Georges Perec, *Le Voyage d'hiver.*
Georges Perec, *Un cabinet d'amateur.*
Georges Perec, *Beaux présents, belles absentes.*
J.-B. Pontalis, *La Force d'attraction.*
Jean Pouillon, *Le Cru et le Su.*
Jacques Rancière, *Courts Voyages au pays du peuple.*
Jacques Rancière, *Les Noms de l'histoire. Essai de poétique du savoir.*
Jacques Rancière, *La Fable cinématographique.*

Jean-Michel Rey, *Paul Valéry. L'aventure d'une œuvre.*
Jacqueline Risset, *Puissances du sommeil.*
Denis Roche, *Dans la maison du Sphinx. Essais sur la matière littéraire.*
Charles Rosen, *Aux confins du non-sens. Propos sur la musique.*
Israel Rosenfield, *« La Mégalomanie » de Freud.*
Francis Schmidt, *La Pensée du Temple. De Jérusalem à Qoumrân.*
Michel Schneider, *La Tombée du jour. Schumann.*
Michel Schneider, *Baudelaire. Les années profondes.*
Jean Starobinski, *Action et Réaction. Vie et aventures d'un couple.*
Antonio Tabucchi, *Les Trois Derniers Jours de Fernando Pessoa. Un délire.*
Antonio Tabucchi, *La Nostalgie, l'Automobile et l'Infini. Lectures de Pessoa.*
Emmanuel Terray, *La Politique dans la caverne.*
Emmanuel Terray, *Une passion allemande. Luther, Kant, Schiller, Hölderlin, Kleist.*
Jean-Pierre Vernant, *Mythe et Religion en Grèce ancienne.*
Jean-Pierre Vernant, *Entre mythe et politique.*
Jean-Pierre Vernant, *L'Univers, les Dieux, les Hommes. Récits grecs des origines.*
Nathan Wachtel, *Dieux et Vampires. Retour à Chipaya.*
Nathan Wachtel, *La Foi du souvenir. Labyrinthes marranes.*
Catherine Weinberger-Thomas, *Cendres d'immortalité. La crémation des veuves en Inde.*
Natalie Zemon Davis, *Juive, Catholique, Protestante. Trois femmes en marge au XVIIe siècle.*

RÉALISATION : PAO ÉDITIONS DU SEUIL
IMPRESSION : IMPRIMERIE HÉRISSEY À ÉVREUX (EURE)
DÉPÔT LÉGAL : OCTOBRE 2002. N°41424 (93141)